Kinder im Pott

AF284085

Das Steigerlied

Glückauf, Glückauf! Der Steiger kommt und er hat sein helles Licht bei der Nacht, und er hat sein helles Licht bei der Nacht, schon angezünd't, schon angezünd't.

Hat's angezündt ! Es gibt ein Schein. Und damit so fahren wir bei der Nacht, und damit so fahren wir bei der Nacht, ins Bergwerk ein, ins Bergwerk ein.

Ins Bergwerk ein, wo die Bergleut' sein, die da graben das Silber und das Gold bei der Nacht, die da graben das Silber und das Gold bei der Nacht, aus Felsgestein, aus Felsgestein.

Der eine gräbt das Silber, der andre gräbt das Gold. Doch dem schwarzbraunen Mägdelein bei der Nacht, doch dem schwarzbraunen Mägdelein bei der Nacht, dem sein sie hold, dem sein sie hold.

Ade, nun ade, Herzliebste mein, und da drunten im tiefen, finstern Schacht bei der Nacht, und da drunten im tiefen, finstern Schacht bei der Nacht, da denk' ich dein, da denk' ich dein.

Und kehr' ich heim, zur Liebchen mein, dann erschallet des Bergmannes Gruß bei der Nacht, dann erschallet des Bergmannes Gruß bei der Nacht, "Glückauf, Glückauf, Glückauf, Glückauf"!

Die Bergleut' sein, kreuzbrave Leut', denn sie tragen das Leder vor dem Arsch bei der Nacht, denn sie tragen das Leder vor dem Arsch bei der Nacht, und saufen Schnaps, und saufen Schnaps

Eine Liebeserklärung an meine Heimat dem Ruhrgebiet.

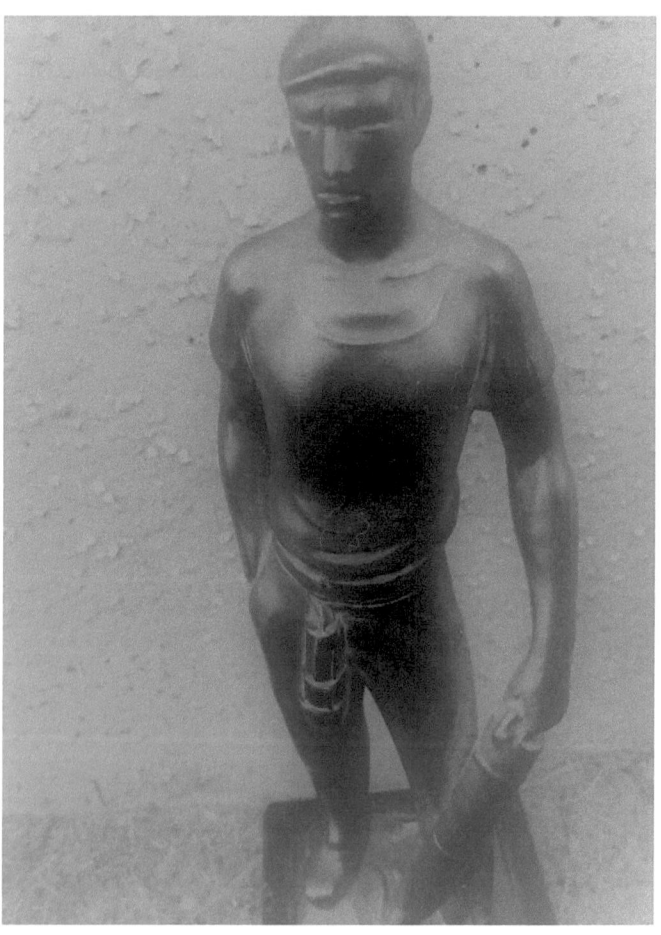

Kinder im Pott

von Michael Baltus

Erzählt wird die Geschichte eines Jungen,
der in den Siebzigern des zwanzigsten
Jahrhunderts in einer Bergbausiedlung groß
geworden ist. Viele kleine und große
Erlebnisse begleiten den Leser und geben
ihm Einsichten in das Leben der Menschen
des nördlichen Ruhrgebietes. Das
Geschriebene wurde in der üblichen Sprache
des Reviers erfasst und unterstreicht damit
das gewisse Gefühl sich in die Region
hineindenken zu können. Viele kleine
Kurzgeschichten aus dem Pott werden in
diesem Buch beschrieben.

Vorwort

Meine Geschichte fängt mit der Aussage meines Klassenlehrers und Schuldirektors in einer Grundschule im Norden von Gelsenkirchen an. Der Mann war Ende der Siebziger kurz vor seiner Pension, also eventuell schon Lehrer während der Nazidiktatur in Deutschland. Er leitete die Schule unter strengen preußischen Gehorsam und genauso gestaltete er seinen Unterricht. Beim Elternsprechtag klärte er meine Eltern auf, dass Arbeiterkinder nicht aufs Gymnasium gehörten und für mich eine andere Schulform wünschenswert sei. Das Komische daran ist nur mein Notendurchschnitt von Zweikomma Zwei. Der Vater meines Tischnachbarn Matthes war zu der Zeit Realschullehrer, also ein hochgelobter Kollege meines Herrn Direktors. Matthes durfte durch die Beurteilung des preußisch auftretenden

Schulleiters in den nächsten Jahren die weißen Gebäude des Gymnasiums besuchen und das mit einem Notendurchschnitt von Zweikomma Zwei. Der Unterschied auf unseren Zeugnissen waren unsere Namen. Ansonsten hatten wir in jedem Fach die gleiche Note. So war es in der guten alten Zeit. Das Sagen hatte damals der Schuldirektor und Matthes und ich gingen nach vier gemeinsamen Schuljahren getrennte Wege. Wäre ich den Weg meiner Wünsche nachgegangen, hätte ich aber nicht diese vielen kleinen Kurzgeschichten erleben und später verschriften dürfen.

Meine Erinnerungen beginnen mit dem Weg zum Kindergarten. Es war damals üblich mit vier Jahren den Kindergaren bis zur Einschulung zu besuchen. Wir lebten damals noch im Nordosten von Gelsenkirchen und wohnten in einer Siedlung von Zechenhäusern. In unserem Zechenhaus bewohnte das Erdgeschoß eine ältere Witwe und in der ersten und zweiten Etage wohnten meine Eltern mit meinem Bruder und mir. Ich erinnere mich, dass die Toilette auf dem Flur war und zwar nur die Toilette. Ein Badezimmer, damals der Wunschtraum meiner Mutter gab es nicht. Mein Bruder und ich badeten einmal die Woche in einer kleinen blauen Kunststoffwanne, die in die Küche gestellt wurde. Unvorstellbar wäre es heute eine Wohnung ohne Badezimmer zu mieten. Wir zogen dann kurze Zeit später auch wieder aus und mieteten auf der gleichen Straße eine Wohnung mit Badezimmer. Von dort machte ich mich morgens immer mit meinen Freunden auf den Weg zum katholischen Kindergarten. Jeden Freitag wurde für die nächste Woche das Milchgeld von der Kindergärtnerin eingesammelt. Ich glaube es waren eine Mark und zehn Pfennige. Leider hatte ich immer nur eine Mark für die Milch der nächsten Woche dabei und das nicht, weil mir meine Mutter, nicht das passende Geld mitgegeben hatte. An der Ecke zur Straße des Kindergartens und der Kirche hing ein Kaugummiautomat und ein Kaugummi kostete einen Groschen. Ich also den Groschen aus der Tasche geholt und Kaugummi kauend zum Kindergarten gelaufen. Meine Mutter musste jedes Mal nach einigen Wochen den fehlenden Betrag nachzahlen. Dort wo wir wohnten war es nicht typisch Ruhrpott. Bei uns gab es noch einen Bauern mit großen Weidenflächen hinter dem Friedhoff und dort spielten wir Kinder meist auf den Feldern und dem kleinen Wäldchen. Wir bauten Buden aus dem Material das wir uns zusammensuchten. Cowboy und Indianer, wobei jeder Winnetou sein wollte, spielten wir auch. Die Wiesen, mit dem kleinen Bach und dem Baumbestand waren das ideale Fundament dafür. Wir Kinder konnten dort ungestört rumtoben. Niemanden störte es, dass wir uns in der Nähe oder sogar auf dem Hof des Bauern aufhielten. Meine Oma putzte jeden Freitag bei meiner Urgroßmutter, die wir Bieroma nannten, die Wohnung. Immer hatte sie für uns ein Glas Malzbier übrig, damit wir unseren Durst stillen konnten. Nachmittags holte meine Oma mich dann von zu Hause ab und mit der Straßenbahn fuhren wir in den nördlichen Stadtteil, wo sie und mein Opa ein Zechenhaus mit großem Garten bewohnten. Sonntags traf sich dann meist die ganze Familie dort zum gemeinsamen Mittagessen in der völlig überfüllten Küche, bevor es nachmittags wieder mit meinen Eltern nach Hause ging. Warum ich das alles erzähle? Weil genau dieser Stadtteil von Gelsenkirchen und die von Bergleuten bewohnte Siedlung meine Heimat wurde. In der zweiten Jahreshälfte, in den Sommerferien bezogen wir dort unser neues Heim.

Kinder im Pott

Die dunklen, fast schwarzen Regenwolken der Nacht lösten sich in der Morgendämmerung langsam auf. Der volle Mond, seit Stunden durch die tief hängenden Wolken unsichtbar gemacht, verabschiedete sich aus dem Bild des Betrachters und wurde von dem gelben grauverschleierten Sonnenball abgelöst. Hier im nördlichen Ruhrgebiet der siebziger Jahre des letzten Jahrhunderts kannten wir die Sonne, genauso wie den blauen Himmel nur in Grautönen versetzt. Wie durch eine Brille aus grauen Glas nahmen unsere Augen die Umwelt um uns herum wahr. Aus dem Löschturm der Kokerei qualmte es ständig, wenn die zu Koks verarbeitete Kohle aus den benachbarten Zechen abgelöscht wurde. Ich schaute aus dem Fenster des Klassenfensters über den Schulhof und sah den dicken Rauch auf das Schulgebäude zukommen. Dort wurde die Kohle des Ruhrgebiets ohne Luftaufnahme erhitzt und es bildete sich im Kokereiofen Koks und Rohgas, das wiederum aus den Bestandteilen Teer, Schwefelsäure, Ammoniak, Naphtalin, Benzol und Kokereigas bestand. Dieser Vorgang wurde bei Temperaturen von über tausend Grad Celsius betrieben. Der Koks behielt die guten Eigenschaften der eingesetzten Steinkohle. Erzeugte beim Verbrennen aber wesentlich höhere Temperaturen als die Steinkohle, die dabei zum Verklumpen neigte. Diesen Vorteil nutzten die Stahlhütten für die Herstellung ihres weltweit besten Stahls aus und belieferten unter anderem die deutsche Autoindustrie. Unsere Schule lag genau zwischen der Kokerei und einem großen erdölverarbeitenden Unternehmen, die ihre Produkte aus ihrem Cracker an andere chemische Großanlagen verkaufte. Im Osten, in der Nachbarschaft der Kokerei fuhren die Kumpels tagein und tagaus in ihr Revier, um das schwarze Gold aus dem Herzen der Republik heraus zu hämmern. Hier arbeiteten die Kinder des zweiten Weltkrieges unter Tage und ernährten so ihre Familien. Der Putz der Häuser in den Zechensiedlungen hat während der letzten Jahrzehnte eine ebenso graue Farbe angenommen wie das gesamte Umfeld des Ruhrgebietes. Hinter unserem Schulhof lag der Fußballplatz der beheimateten Arminia. Im Gegensatz zu den Grünweisen aus dem Westen, die einen gepflegten Rasenplatz hatten, spielten die Blaugelben auf schwarzer Asche. Das Torgestänge war nicht modern aus Aluminium, sondern aus veralteten Holzbalken, dessen weißer Anstrich auch durch einen grauen Schleier bedeckt wurde. Ich folgte dem Unterricht nicht mehr und sah träumend minutenlang aus dem Fenster zur Kokerei herüber. Hier war das Land der Malocher. Mit den Händen wurde bei uns damals das Geld verdient. Hauptarbeitgeber waren die vielen Zechen des Ruhrgebietes. Die Kumpels wohnten in den gemieteten Zechenhäusern mit meist großen Gärten. In diesen Gärten bauten sie in ihrer Freizeit Gemüse an und erfreuten sich jeder sommerlichen Ernte. Wenn der Kohlewagen durch die Straße fuhr und seine Eierkohle oder die geladenen Brikettes vor den Kellerfenstern ablud, hörte man kurze Zeit später die Schüppen über den Asphalt kratzen, als das schwarze Brennmaterial durch das Kellerfenster in den Kohlekeller geschöpft wurde. Und wieder wurde der Himmel grau verfärbt, als die Kamine der Häuser ihren Rauch auspusteten. Es roch in der kalten Zeit, wenn die Öfen die Küchen aufheizten immer nach verbannter Kohle in der Siedlung. Hier wurde sich auch mit einer Flasche Bier am Feierabend über den Gartenzaun hinweg mit dem Nachbarn unterhalten. Die Maloche oder die Blauweißen Knappen waren jeden Tag unsere Hauptthemen. Es wurde mit dem nächsten Kumpel über dat letzte Gequassel von dem Steiger diskutiert und kopfschüttelnd der Unmut über die Einteilung zur Mittagschicht besprochen. Auch das die überbezahlten Profis der Blauen am letzten Samstag schon wieder eine erbärmliche Leistung abgeliefert hatten, war ständiger Gesprächsstoff. Ich träumte während der Geschichtsstunde noch immer vor mir hin und wachte erst auf, als mein Lehrer mich zum wiederholten Male etwas über die französische Revolution befragte. Der Ellenbogenstoß meines Tischnachbarn Krümel brachte mich wieder in die Realität zurück. Antworten konnte ich auf die Frage meines Lehrers natürlich nicht und bekam dafür die passende Note. Wen interessiert denn schon wat in Frankreich vor hundert Jahren passiert war? König Ludwigs Tod im Januar 1793 durch die Guillotine unterbrach meine Träumereien und kurz danach klingelte die Schulglocke. Endlich Pause. Wir rannten die Treppe runter und trafen uns auf dem grauen Asphalt des Schulhofes. Während der Rauch der Kokerei über unseren Köpfen hinweg flog, rollte der grüne Tennisball zwischen den als Tore umgewandelten Fahrradständern. Zwei gegen zwei für zwanzig Minuten und das von der Modda mitgegebene Pausenbrot wurde in der nächsten Unterrichtsstunde vertilgt. Wir hatten einfach nur den Fußball im Kopf. Die Blauen haben sich in der Saison gerade selbst ein Bein gestellt und ließen noch die Mannschaft vom Niederrhein an sich vorbeiziehen. Vizemeister nannten sie sich, nur kaufen konnte man sich nichts dafür. Danach ging es für den Gelsenkirchener Bundesligaverein wie bei den Kumpels nur noch bergab. Doch in den Siebzigern dachte noch niemand an das spätere Zechensterben oder das die Hochöfen dicht machen würden. Undenkbar und unvorstellbar war es damals, dass es in Gelsenkirchen und den anderen Städten im Pott in Zukunft keinen Bergbau mehr geben sollte. Die letzte Erinnerung an das schwarze Grubengold würde später beim Einlauf der Blauen das Steigerlied werden. Glück Auf Kumpel. Doch so weit sind wir ja noch nicht. Noch fahren die Bergmänner runner in die Grube und kommen schwarz gefärbt wieder hoch. Ihre Butterdosen wurden immer an Drähten dort unten im Flöz aufgehängt und trotzdem schafften es die Mäuse sich die dicken Leberwurst- oder Schinkenbrote zu holen. Sie fraßen sich einfach durch die Kunststoffdosen, also mussten wieder Aluminiumbutterbrotdosen her. Der neuste Trend aus Amerika mit ähnlichen Namen wie Tubberwähr, taugte hier nichts. Um die Brote nicht mit den Nagetieren teilen zu müssen, aßen die Bergleute ihre Schnidden eben im Streb zuerst auf und fingen dann mit der Arbeit an. Die Kumpels unter Tage mussten richtig hart schuften, doch das wirkliche Problem war, wat tun, wenn die Blase am Arbeitsplatz voll war oder noch schlimmer, dat letzte Essen aus dem Darm wollte? Eine Ecke suchen und hoffen man sitzt dort für die Abwicklung seines Geschäftes ungestört allein. Toiletten dort unten? Fehlanzeige. Oft genug trat auch ein Bergmann in die Hinterlassenschaft seines Kumpels während der Arbeit im Strebbau tief unten in der Erde und fluchte dann lautstark über den unbekannten Täter. Für mich und die meisten meiner Klassenkameraden stand schon früh fest, nach der Schule geht es zum Pütt. Der Bergbau hat Zukunft, die Zechen zahlten gut und die Knappschaftsrente war im Alter die Belohnung für die lebenslangen Mühen, die der Püttrologe auf sich genommen hatte. Die Bergarbeiter hielten zusammen und halfen sich auch in der Siedlung untereinander. Wir, die Kinder dieser Bergmänner trafen uns jede freie Minute auf der großen Wiese in unserer Siedlung und pölten miteinander. Dat Alter unter uns Kindern war egal, Hauptsache war, wer mitspielen wollte musste mit der Pocke umgehen können. Das Spiel war erst zu Ende, wenn die Laternen angingen und wir zu Hause sein mussten. Die schönsten Zeiten waren natürlich die Schulferien. Im Urlaub fahren saß bei den meisten Familien nicht drin, denn reich war unter uns niemand.

Also war auch kein Geld für einen Urlaub in Italien oder Spanien da und so trafen wir uns in der schulfreien Zeit schon morgens und liefen dem Ball hinterher.

Im Sommer, wenn die Sonne auf uns herunterlachte, gab es bei uns in der Siedlung, in der warmen Jahreszeit ein immer wiederholendes Vorkommnis. Von weitem schon hörten wir die kleine Glocke läuten und Glanz bildete sich in unseren Kinderaugen. Mit seinem umgebauten Drahtesel, der jetzt kein Zweirad, sondern ein Dreirad war, fuhr der Eismann von der Eisdiele Venedig bei uns durch die Straßen. Vorne zwischen den Rädern hatte die Eisbox vier Sorten Eis zur Auswahl. Erdbeere, Vanille, Schokolade und Zitrone. Wenn das Läuten der Glocke nachmittags in unser Ohr drang, rannten wir dem italienischen Eisverkäufer mit der dicken Hornbrille entgegen. Einen Groschen, also zehn Pfennige kostete eine Kugel des köstlichen Eises. Als Hinweis, ein Groschen sind heute fünf Eurocent. Für zwanzig Pfennig gab es zwei Kugeln und dazu noch im großen Hörnchen. Ungeduldig standen wir mit unserem Groschen in der Hand in der Reihe und warteten, dass wir gefragt wurden, was für ein Eis wir denn gerne haben wollten. Trotz der mageren Auswahl von vier Sorten, überlegten wir natürlich erst, zum Unmut der hinter uns Stehenden, als wir an der Reihe waren, welche Geschmacksrichtung dieses Mal das kleine Hörnchen krönen durfte. Viel zu schnell war die kleine Kugel verspeist und am darauffolgenden Tag wiederholte sich der Vorgang wieder. Später bekam unser dreiradfahrende Italiener Konkurrenz und ein Landsmann von ihm fuhr mit einem Bulli durch unsere Siedlung und verkaufte ebenfalls sein kühles Eis.

Es gab auch Abwechslung in unserer Fußballzeit. Zweimal im Jahr, im Frühjahr und im Herbst waren die Aussteller für eine Woche auf dem Kirmesplatz. Nachmittags öffneten die Fahrgeschäfte. Meine Kumpels und ich waren immer nach dem Mittagsessen dort und boten unsere Hilfe bei den Ausstellern für ein paar Fahrchips an. Dat Taschengeld, sowieso nicht üppig, reichte für die Kirmes Woche nie aus, also mussten wir uns die Chips dort verdienen. Oft gab es von den Kirmesarbeitern für La, tätigkeiten ein paar der begehrten Fahrchips und mit den roten Plastiktalern in der Tasche konnten wir nachmittags am Autoscooter einen auf dicke Hose machen. Natürlich waren dann auch die Mädchen aus unserer Klasse da und ließen sich von uns für die eine oder andere Fahrt überreden. An der Raupe standen die älteren

Jugendlichen und die Mitglieder des beheimateten Motorradclubs konkurrierend nah beisammen. Oft genug kam es zu Schlägereien zwischen ihnen und das nicht nur zur Kirmeszeit. Freitags war in unserem Jugendheim, im Fritz, eigentlich Fritz-Erler-Haus immer Disco. Nachmittags für uns jüngere und am frühen Abend für die älteren Jugendlichen. So kam es manchmal vor, dass die Rocker des Motorradclubs dort aufliefen und die Fäuste flogen. War uns aber egal, denn auf der Kirmes, wenn bei der Raupenfahrt zum Ende die Plane über unseren Köpfen gefahren wurde, hoffte man doch auf einen Kuss der Klassenkameradin. Dies war so üblich aufe Raupe. Einmal hatten wir aber Glück. An einem Nachmittag waren wir an einem der Schaustellwagen in dem die Geldautomaten und Flipper auf genügend Verlierer warteten. Wir guckten so rum und entdeckten einen nicht abgeschlossenen Geldspielautomaten. Wir fassten alle ein paar Mal in die weiße Gelddose und hatten hinterher die Hosentaschen voller Kleingeld. Jetzt sah es so aus, als wenn wir die Kirmesleute bestohlen hätten, das sahen wir aber nicht so. Wir haben es den Schaustellern bis auf die letzte Münze wiedergegeben. Wir tauschten das Kleingeld in Fahrchips ein und gaben es so der Kirmes wieder.

Aber auch die Kirmes Woche ging vorüber und danach trafen wir uns wieder auf unserem Bolzplatz und pölten zusammen. Manchmal saßen die Mädchen auf den Fernwärmerohren hinter dem Bolzplatz und schauten uns beim Kicken zu. Natürlich wurde dann versucht besonders gut zu spielen. Einige Jungs, mich miteinbezogen bolzten aber nicht nur auf dem Platz inne Siedlung. Auch der Vereinsfußball wurde von uns gelebt. Da ich von besseren Zeiten träumte, spielte ich bei den Grünweißen und nicht auf schwarzer Asche bei den kleineren Blaugelben. Mit zwei roten Ascheplätzen und einen gepflegten Rasenplatz fühlten wir uns dem anderen Verein überlegen. Nicht nur in meiner Altersklasse, sondern alle Jugendmannschaften der Grünweißen bis zu den Senioren spielten damals in den höheren Ligen der Amateurklassen. In einer der Saisonvorbereitungen gastierten die Profis der Schwarzgelben aus dem östlichen Ruhrgebiet bei unserem Heimatverein. Das unsere Senioren mit vierzehn Toren am Spielende betröppelt in die Kabine gingen interessierte uns nicht. Wir hatten unseren Spaß. Ötte, Krümel, Tino und ich standen das ganze Spiel hinter dem Tor des Profitorhüters der Westfalen. Mit seinen lockigen Haaren und dem leicht schielenden Blick erheiterte er uns. Das dieser damals achtzehnjährige Profi mal Nationaltorhüter werden sollte, hätte von uns niemand gedacht. Wir wollten natürlich, dass der arrogante Faxe einen kassiert und er tat uns den Gefallen nicht, also gab es die ganze Zeit tolle Sprüche von uns. Irgendwann fragte er uns, wie lange noch zu spielen sei. Sieben Minuten war unsere Antwort. Kurze Zeit später wieder, wie lange noch? Gleiche Antwort. Das Spiel ging drei oder viermal so, bis er uns böse fragte, ob wir ihn verarschen wollten. Man wat wollte der eigentlich? Kommt als Erzfeind in unserem Gebiet und will noch höfflich behandelt werden. Dat gab et bei uns nicht.

In der kalten Jahreszeit wurden die Öfen in den Zechenhäusern mit Holz und Kohle befeuert. Die Schornsteine spukten dunkelgrauen, oft auch braunen Rauch aus. Die ganze Siedlung roch nach verbranntem Qualm. Heute unvorstellbar, doch damals für uns das Normalste vonner Welt. In der Küche glühte die Ofenplatte und der Raum hatte gefühlte dreißig Grad. Eine Etage höher fror das Kondenswasser innen auf der Einfachverglasung und wurde zu Eis. Unten heiß und oben arschkalt, so war damals dat Leben in sonn Haus vonne Zeche. Dusche und Badewanne gab et nicht. Nur wer sich den Luxus gönnte und nachträglich das Badezimmer umbaute, durfte vor dem Kumpel mit seiner neuen Badewanne angeben. Wenn man sich beim Mittagessen die Zunge verbrannte, redete die Oma immer davon, dass sie aufm Ofen gekocht und nicht den Elektroherd benutzt hätte. Stimmt ja auch. Hundert Grad Celsius auf dem Kohleofen sind heißer als die hundert Grad Celsius des Elektroherdes. Die Oma war für uns immer zu jeder Tageszeit da. Hungrig kam ich vom Bolzplatz und ging durch den Garten zur Hintertür in die Küche.

Die Hintertür war nie abgeschlossen. Damals war dat so, denn niemand ging in ein Haus wat ihm nicht gehörte. Außerdem passten die Nachbarn mit auf. Ich also meine Bestellung bei meiner Oma abgegeben und für eine weitere halbe Stunde zum Pölen auf die Wiese. Danach wurden die drei Mehlpfannekuchen mit Apfelkraut bei der Oma verputzt. Ein Joghurt hinterher und dann wieder zu den Kumpels zum Kicken aufm Platz.

Inne Schule wurden oft Zettel an die Mädchen oder von den Mädels an uns verteilt. Drauf stand immer das Gleiche. Willst du mit mir gehen? Ja oder Nein? Bei Ja war man meist für die unendlich lange Zeit von ungefähr vier Wochen zusammen. So war dann auch mein erstes Mal. Ich kreuzte ja an und hatte meine erste richtige Freundin. Zu dieser Zeit, ich glaube achtundsiebzig war es, lief im Kino der

Kultfilm Grease mit dem unwiderstehlichen Neuschauspieler John Travolta und seiner Partnerin Olivia Newton John an. So kam es zu meinem ersten gemeinsamen Kinobesuch mit meiner Freundin. Vier Wochen später, ich saß mit mehreren Mitspielern der Grünweißen im Ford Transit, gab mir mein Kumpel einen zusammengefalteten Zettel in die Hand. Während der Fahrt erfuhr ich so, dass ich wieder solo war und sie nun mit Ötte zusammen war. So war dat nun mal früher bei uns. Die Woche darauf bekam ich inne Schule den nächsten Papierfetzten mit der Frage ja oder nein zugesteckt.

Et war Freitagnachmittag und dat Fitz öffnete für uns die Kinderdisco. Öffi der DJ legte für uns auf. Es dröhnte I was made for loving you von Kiss durch die Lautsprecher und wir hatten Spaß. Es war das Karnevalswochenende und mein Freund Krümel und ich waren die Stars an diesem

Tag im Jugendheim. Von Krümels Bruder ließen wir unsere Gesichter bemalen. Krümel weiß bepinselt mit dem Stern um sein Auge als Paul Stanley und ich wie Peter Carr, als Katzenmensch im Gesicht bemalt, waren an diesem Tag Mitglieder der Gruppe Kiss. Die ganze Sache hatte aber einen kleinen Haken. Krümels älterer Bruder benutzte keine Gesichtsfarbe, sondern Deckweiß aus dem Schulmalkasten und dieses Deckweiß begann zu bröckeln, nachdem es getrocknet war. Wir konnten also nicht reden oder lachen, denn jedes Mal, wenn wir was sagten viel ein Stück der Maske von unserem Gesicht. So verbrachten wir die meiste Zeit an diesem Nachmittag still unter den anderen Discokindern.

Ein paar Meter vor dem Fritz stand der Pommeswagen. Dat Geld war wie immer knapp und ne Mark wertvoll. Wat also tun, wenn du mit deiner Perle inne Disco warst und man Hunger hatte. Also zur Pommesbude und ein Pommes ohne allet, aber scharf machen bestellt. Und die Ansage, aber bitte mit zwei Gabeln nicht vergessen. Für Mayo oder Soße reichte die übriggebliebene Mark nicht mehr. So teilten meine Begleiterin und ich uns dann ein Pommes und stillten unseren Hunger ein wenig.

Im Pott ist es so, dass die Menschen kein Blatt vor dem Mund nehmen. Hier wird gesagt, wat man denkt. Lieber ehrlich aneinandergeraten, als verlogen Schönwetter spielen. Uns Kindern wurde diese Eigenschaft schon mit in die Wiege gelegt und so sprachen wir immer dat aus, wat wir dachten. Oft fragte der Gegenüber dann, wat haste gesagt? Und kurze Zeit später flogen die Fäuste oder jemand gab im Schwitzkasten auf. Drei Tage später schüttelte man sich wieder die Hände und pölte zusammen auf der Wiese unter dem grauen Qualm der Schornsteine. Im Pott hat man halt das Herz am rechten Fleck.

Es war ein Samstagmorgen. Von der Bezirksleiterin der Sozialdemokraten, die Union ging in unserer Siedlung unter und wurde als das Böse angesehen, bekamen wir Freikarten für die Bundesligapartie gegen die Ostwestfalen aus der Stadt des großen Pudding Herstellers. Nach dem Frühstück schnell dat Trikot in königsblau an, den blauweißen Schal umme Hüfte und los zu meinem Kumpel Krümel. Ötte und Tino warteten schon, schnell noch ein Bild von uns vieren vomm Vadder geschossen und los ging et ins Stadion. Zu Fuß marschierten wir die fünf Kilometer los. In der Fußgängerzone häuften sich die Grüppchen und wuchsen zu einer Truppe von mehreren hundert Anhängern der Blauweißen an. Der Edellebensmittelladen neben dem

Elektrofachgeschäft verteilte aus Angst, wir würden seinen Laden betreten, freiwillig sein wertvolles Obst an uns und wir hatten unser gesundes Mittagessen inne. Am Stadion dann lernten wir schnell umsonst in den Stehplatzbereich der Nordkurve zu gelangen. Bevor ein älterer Herr durch die Kontrolle ging, fragte einer von uns ihn, ob er uns als sein Sohn mit hineinnehmen würde. Es klappte im Kindesalter immer. Die Freikarten verkaufen wir dann durch den Zaun an Kartensuchende für drei Mark. Das günstigste Ticket lag, glaube ich bei vier Mark, also hat jede der Parteien Gewinn aus der Situation geschlagen. Mit vier zu eins sind die Blauen damals als Sieger vom Platz gegangen und wir beschlossen jedes Heimspiel zu besuchen.

Früher gab es zum Unterschied zu heute wirklich vier Jahreszeiten und der Winter war oft kalt. Frau Holle schüttelte ihre Kissen aus und ließ die Flocken über unsere Häupter auf die Erde rieseln. Jetzt stellt man sich außerhalb des Reviers, wenn es schneit eine wundervolle weiße kristall-glänzende Schneedecke vor. Doch so war es bei uns nicht. Der Schnee wurde sofort dunkel und lag meist als grauer Schneematsch auf den Gehwegen. Trotzdem kamen der Schlitten und unsere Gleitschuhe jedes Jahr zum Einsatz. Hinter dem Discounter der Alfred Brüder oder so ähnlich lag ein kleiner aufgeschütteter Hügel. Etwa zehn Meter Höhenunterschied wurden von uns bestens ausgenutzt. Es gab dort drei von uns präparierte Pisten. Eine nannten wir die Todesabfahrt. So rutschten wir auf den ergrauten mit Sand durchwühlten Schnee unsere Pisten herunter. Wie richtig weißer Schnee wirklich aussah und wieviel Spaß man mit dem erstarrten Wasserkristallen haben kann, erlebte ich aber auch. Eines

Tages in den Ferien nach Neujahr eröffnete Krümel mir, dass sein Vadder in den Sauerland wollte und er einen Freund mitnehmen durfte. Drei Tage in der Pension Melanie in Neuastenberg wurden dann daraus. Ich bekam den Mund nicht zu. Noch nicht einmal aus dem Fernseher kannte ich solche Landschaften, denn unser Fernseher war passend zum Pott noch ein schwarzweißes Gerät. Die weiße Pracht lag überall und glitzerte in der Sonne. Dazu die tannenbewachsenen Berge, ich dachte wir fahren ins Paradies. In seinem neuen silbernen Auto der Marke aus Ingolstadt dauerte die Fahrt nur knapp zwei Stunden und wir waren in einer anderen Welt. Die ganze Zeit ließ ich wie von Krümels Vater aufgefordert meine Füße auf den Fußmatten und wagte mich nicht zu bewegen. Zur Mittagszeit dort angekommen wurde die Skijacke angezogen, die Mütze der Blauen aufgesetzt und die Handschuhe übergezogen. Aber im Gegensatz zu den Skifahrern, die ihre Bretter auf den Schultern zur Piste trugen, hatten Krümel und ich unsere Gleitschuhe in den Händen. Die Skifahrer glotzten zwar blöd, aber wir waren Helden für drei Tage. Die Pisten teilten wir uns mit den Skifahrern und waren genauso schnell den Abhang herunter wie die auf ihren Brettern. Jetzt gab es aber ein Problem. Wer den Berg runter fährt, muss auch wieder nach oben zurück. Nach oben laufen dauerte zu lang und war dazu noch kräftezerrend. Das Geld für die Fahrten mit dem Schlepplift hatten wir aber auch nicht. Also hielten wir jede Abfahrt vor dem Ankerliftaufstieg an und warteten auf Einzelbenutzern. Wir riefen denen dann fragend zu, ob wir mitfahren durften und nie sagte jemand nein. Die ganzen drei Tage schnorrten wir uns so den Berg hinauf und kamen aus dem Lachen nicht mehr heraus. Einmal sogar bereute wohl einer der Einzelbenutzer seine Einladung mit ihm nach oben zu fahren. Als Krümel sich auf die rechte Seite des Ankers setzte fiel auf der linken Seite der Skifahrer bei laufendem Lift in den Schnee. Wir lachten uns oben halb Tod darüber und fragten den Typen nie mehr, ob wir mitfahren dürften. Die nächsten zwanzig Jahre sah ich keine schneebedeckten Berge mehr, nur wusste ich das damals nicht.

Widda inne Schule stand dat erste Klassenspiel an. Natürlich auf schwarzer Asche hinter dem Schulhof auf dem Platz der Blaugelben. Es kam jede Menge Arbeit auf mich zu. Elf Jungs aus der Klasse zusammenbekommen. Training musste angesetzt und die Positionen bestimmt werden. Irgendwie waren die anderen in der Favoritenrolle, aber wir hatten den

Linksaußen der ersten grünweißen Knabenmannschaft. Ich selbst spielte dort Rechtsaußen, aber im ersten Jahr nur für die zweite Knabenmannschaft. Thommy war unsere Geheimwaffe. Als Erstes stand die Wahl des Spielführers an. Da ich schon den Posten des Trainers und Managers in einer Person bekleidete, übernahm nach der Wahl Ötte das Amt des Mannschaftsführers. Für die Wahl des Torhüters bewarben sich, mich miteingeschlossen, auch andere Kandidaten. Ein Klassenkamerad, der in der Nähe unseres Bolzplatzes wohnte, sah mich dort öfters mit meinen Freunden spielen. Da ich ihn im Tor beim Pölen wohl imponiert habe, erzählte er den anderen Klassenkameraden, dass ich gut im Halten der Bälle war und die Wahl ging auf mich. Einen Tag später, nachmittags nach der Schule, stand ich also im Tor unseres Bolzplatzes und versuchte durch Glanzparaden keinen Ball durchzulassen. Von hinten dirigierte ich meine Spielkameraden und spielte selbst neben Torwart noch Trainer. In der Klasse schrieb ich die Aufstellung auf ein Stück Papier und gab diese dann mit Ötte bekannt. Wie die Profis besprachen wir die Taktik und bläuten diese den Mitspielern ein. Zwei Wochen und mehrere Trainingseinheiten auf dem Bolzplatz war es dann so weit. Die Klasse sechs A gegen sechs B. Schirri war der Sportlehrer. Es lief nicht gut für uns, lagen immer wieder zurück, schafften aber irgendwie immer den Rückstand nicht zu groß werden zu lassen. Als wir nach etwa siebzig Minuten mit sechs zu drei hinten lagen, schien das Spiel verloren zu sein. Doch der Gegner gab nach, das Spiel dauerte neunzig Minuten, Thommy war gut drauf und am Ende trennten wir uns sechs zu sechs.

Es kam die Zeit, als der Bundeswehr Parker groß in Mode kam. Jeder der etwas auf sich gab, hatte das grüne Ding an. Ich nicht. Also die Modder nerven, auf den Knien liegen und mit Tränen inne Augen anbetteln. Es hat dann irgendwann geklappt und mein Bruder und ich durften jeder einen solchen Parker sein Eigen nennen. Um perfekt anzukommen, musste natürlich der Stiel der Haarbürste oben aus der Tasche des Bundeswehr Parkers gucken. Mit meinem Bundeswehr Parker ist mir dann selbst ein peinliches Missgeschick passiert. In der zweiten Pause heimlich und verbotenerweise vom Schulhof geschlichen und in der Pommesbude für fünfzig Pfennig ein Soßenbröschen bestellt. Zu dritt wieder Richtung Schulhof und mit den Kumpels rumgealbert. Wir durften uns ja nicht erwischen lassen, sonst blühte uns die Schulordnung. Acht Dina vier Seiten abschreiben wollte keiner von uns. Auf alle Fälle bemerkte ich erst im Klassenraum beim Ausziehen des Parkers wie mir die Currysoße aus dem Ärmel lief. Beim Essen und Halten der Soßenschale, dabei mit den Freunden rum-kaspern, gelang mir offenbar nicht und von mir unbemerkt musste ich das Schälchen so unglücklich gehalten haben, dass die Currysoße in meinem Ärmel lief. Das Gelächter der Klassenkameraden und vor allem der Klassenkameradinnen machten die Peinlichkeit noch perfekt.

Es war mal wieder Samstag und Krümel, Ötte, Tino und ich machten uns auf den Weg zu einem Heimspiel der Blauen. Früher durften die Zuschauer zur zweiten Halbzeit umsonst auf den Stehplätzen ins Stadion, aber so lange wollten wir ohne Karten nicht warten. Es gab nicht jedes Spiel Freikarten von den Sozialdemokraten. Also wieder ins Stadion nach erfolgreicher Masche und den

Anpfiff umsonst erleben. In der Nordkurve Block 1 stand der Zaun als Abgrenzung zur Haupttribüne. Dort unten in der ersten Reihe schloss der Zaun mit dem Wassergraben ab und bildete eine kleine dreieckige Öffnung. Wir Kinder zogen unsere Jacken aus und quetschten uns so durch die Lücke im Zaun. Jetzt waren wir auf den begehrten teuren Plätzen. Bis der dicke Ordner uns von oben gesehen und er unten war, hatten wir uns schon längst über die nur noch einen Meter niedrigen Blocktrennungen unsichtbar gemacht. Wir wussten nun, wie wir umsonst ins Stadion und unbemerkt auf die Haupttribüne kamen. Diese beiden Wege nutzten wir dann etwa drei Jahre lang, bis wir nicht mehr durch die Lücke des Tribünenzauns passten.

Fußball wurde im Pott nicht nur geguckt oder gespielt, Fußball wird hier bis heute gelebt. Der Saisonhöhepunkt war immer der, wenn die Schwarzgelben aus der verbotenen Stadt in unser Revier kamen. Blauweiß gegen Schwarzgelb beherrschte für eine Woche jedes Gespräch der Kumpels. Über den Gartenzaun unter Nachbarn, bei der Maloche mit dem Arbeitskollegen oder unter uns Kindern, jeder wusste, dieses Spiel musste gewonnen werden. Hinter dem Stadion gab es damals das Freibad und das Kino noch nicht. Dort war nur ein großes Wiesengelände das bis zum Autokino reichte. Dort trafen sich nach Spielende die verfeindeten Anhängerschaften der beiden Revierclubs und ließen die Fäuste sprechen. Oft haben wir vom Hügel aus sicherer Distanz den Schlägereien zugeschaut und konnten später davon erzählen.

Es gab, aber auch Tage, an denen wir kein Fußball spielen wollten oder konnten. Wenn der Regen nicht aufhören wollte oder keiner mehr einen Lederball besaß. Zu unserem Glück gab es damals so ein neues Ding für den Fernseher. Akari oder ähnlich hieß die Kiste mit denen wir Telespiele praktizieren konnten. Pacman oder Space Invaders waren für uns willkommene Ablenkungen zu dem Fußball. Im Nu beherrschten wir die Spiele in Perfektion. Beim Pacman zum Beispiel gab es einen Weg, der einen immer zum Gewinner machte und dann bekam der Spieler ein Leben dazu. Bis neun Leben konnte man seine Credits damals auffüllen, dies reichte aus, um nur noch auf Zeit zu spielen. Wieviel Durchgänge schafft man in einer oder in einer halben Stunde. Das Spiel selbst konnte man so unendlich lange spielen. Auch meine Eltern hatten kurze Zeit Spaß an dem Spiel, hatten aber nicht die nötige Erfahrung wie wir und gingen jedes Mal Game Over. Zu Ende waren auf alle

Fälle die Telespiele mit zwei Strichen und einen Punkt der auf dem Bildschirm hin und her gesprungen ist.

Vor unserem Bolzplatz wurde der Spielpatz renoviert. Jetzt standen dort plötzlich zwei Tischtennisplatten und unser Interesse wurde geweckt. Jetzt spielten wir nicht nur Fußball an unserem Treffpunkt, sondern konnten uns auch mit dem kleinen schnellen Ball auf der Tischtennisplatte beschäftigen. Wir besorgten uns einigermaßen gute Ping Pong Schläger und legten los. Tagelang spielten wir dort zusammen und gegeneinander. Um uns ständig zu verbessern, verbrauchten wir eine Unmenge an Tischtennisbällen. Doch wir hatten Erfolg und das Spiel sah nach einigen Wochen ganz akzeptabel aus. Mit dem Besser werden, musste auch ein besserer Tischtennisschläger her und meine Ersparnisse wurden um neunundvierzig

Mark reduziert. Sogar in der Schule spielten wir zu dieser Zeit nachmittags im Wahlpflichtfach Tischtennis. Krümel und ich bekamen vom Sportlehrer sogar das Privileg in der fortgeschrittenen Gruppe unseren Ping Pong Sport nachgehen zu können. Fußball spielte ich trotzdem weiter und die Grünweißen hatten zudem auch eine Tischtennisabteilung. Krümel, Tino und ich meldeten uns dort an und absolvierten unser erstes Training. Doch statt an der Platte unsere Fähigkeiten zu verbessern, sollten wir Runden laufen wie beim Fußballtraining. Das verstanden wir nicht und diskutierten am ersten Trainingstag mit dem dortigen Trainerteam. Die Trainer sehr begeistert von unserer Kritik, schmissen uns aus dem Team und setzten uns vor die Tür. Unsere Vereinskarriere war also nach nur einem Tag beendet. Auch unser Interesse an dem Ping Pong Spiel ließ nach und in der

Schule wählte ich das Wahlpflichtfach ab. Ich stand danach wieder öfter auf dem Bolzplatz im Tor und träumte von der Fußballbundesliga.

Manchmal durfte ich statt Abendbrot für meinen Bruder und mich ein Pommes mit Mayo und ne Currywurst kaufen gehen. Das war für mich jedes Mal ein Highlight. Die Currywurst schmeckt mir heute noch so sehr und belegt bei mir dem Geschmack nach den Spitzenplatz für leckeres Essen. Ungesund, aber eben lecker. Die Currywurst gehört zum Pott wie der Bergbau. Später widmete sogar ein erfolgreicher Musikkomponist und Sänger dem Kultessen des Reviers ein ganzes Lied. Er besingt die Currywurst und den Pott in höchsten Tönen. Wer eine wirklich leckere Currywurst genießen und nicht nur essen möchte, sollte ins Ruhrgebiet kommen. Überall gibt es die Kultwurst und schmeckt fast immer gut.

Nicht die, die später in vielen Discountern oder Tankstellen angebotene verpackte Fertigwurst, die sich Currywürste nennen. Nein, ne Currywurst im Pott wird von der Pommesbude gegessen. Dat Pommes wird durch die Mayonnaise gezogen und in den Mund gesteckt. Danach ein Stück Currywurst aus der Soße geholt und zusammen mit dem Biss in das beigelegte Brötchen verspeist. Welch Gaumenfreude einen erwartet, weiß nur derjenige, der das Vergnügen eine Currywurst zu verspeisen kennt. Die Berliner möchten mir verzeihen, aber die richtige Currywurst gibt es nun mal nur hier im Pott. Den Bergbau gibt es seit einigen Jahren im Revier nicht mehr, doch die Currywurst schmeckt noch heute und erinnert an die Zeit des Kohleabbaus, der ergrauten Sonne und des niemals wirklich blauen Himmels.

Die ganzen zwei Wochen warteten wir auf das nächste Heimspiel der Blauen. Seit einigen Jahren gehörte mein Herz zwar dem Verein aus der Domstadt, doch die Heimspiele des Heimatvereins besuchte ich mit meinen Freunden weiterhin. Nicht nur, dass wir immer noch kostenlos ins Stadion und auf die Tribüne kamen, nein, wir trieben es noch weiter. Der Tribünenblock hinter der Ersatzbank der Blauen war nur mit einem etwa einen Meter hohen Zaun abgesichert. Kein Problem für uns. Mit einem Satz über das Hindernis auf das betonierte Dach der Ersatzbank und von dort in das Innenfeld der Sportstätte. Niemand störte es, dass wir zwischen den Spielern, Trainern und Reportern herumliefen. Links im Marathontor gab es die Rolltreppe zu den Umkleidekabinen und dem blauen Saloon. Wir waren dann oft uneingeladene Gäste in dem VIP-Bereich der

Prominenz. Die Umkleidekabinen wurden aber für uns zu gut überwacht und auch für mich und meine Kumpels uneinnehmbar. Pünktlich zum Anpfiff saßen wir dann auf der Tartanbahn vor der Ersatzbank der Blauen. Da wir dies jedes Heimspiel machten, waren wir zumindest bei den Reservespielern nach einiger Zeit bekannt. So erlebten wir wirklich die Bundesligaspiele hautnah mit, statt nur dabei. Nach den Spielen ging es direkt bei Abpfiff zur Souvenirjagd auf das heilige Grün. Mal ne Spielführerbinde, ein paar Schienbeinschoner und wenn es ganz gut lief die Torwarthandschuhe des jeweils eingesetzten Torhüters. Unsere Kindheit im Pott war aufregend und abenteuerlich. In der guten alten Zeit hielten die Kumpels zusammen. Man konnte sich auf ein gegebenes Wort, wie auch auf die nächste Niederlagenserie der Blauen verlassen.

In der Fußgängerzone gibt es bis heute den buerschen Dom Sankt Urbanus. Achtzehnhundertdreiundneunzig wurde die neugotische Kirche nach ihrem Aufbau eingeweiht. Der Kirchturm mit seinem Turmhelm ragte mit seinem neunzig Metern über den Dächern der umstehenden Häuser heraus und prägte das Stadtbild von Buer. Im Zweiten Weltkrieg wurde der Dom schwer beschädigt und ohne dem Turmhelm wieder aufgebaut. Der Kirchturm maß jetzt nur noch fünfundvierzig Meter und hatte keine Spitze mehr. Dort werden die Messen für die römisch-katholischen Mitglieder der christlichen Gemeinde abgehalten. Krümel und ich hatten gerade unsere Firmung hinter uns gebracht und erzählten Tino davon. Tino, als Sohn türkischer Einwanderer war Moslem und kannte keine christlichen Kirchen. Seine Neugier war geweckt und wir beschlossen ihm den Dom in der Fußgängerzone zu zeigen. Als wir in den frühen Abendstunden durch die große Eingangspforte der Probsteikirche in den Dom eintraten, warteten dort schon einige ältere Frauen, um sich die Beichte abnehmen zu lassen. Tino wusste natürlich auch nicht, was die Beichte war und für die Katholiken bedeutet. Wir stellten uns an und schickten nach einer Weile den völlig ahnungslosen Tino in den Beichtstuhl. Der beichtabnehmende Pfarrer wird sich wohl gewundert haben wen er da neben sich sitzen hatte, schmiss unseren Freund aber nicht aus dem Beichtstuhl. Tino muss ihm irgendetwas erzählt haben, denn als Buße sollte er das Vater unser und das Ave-Maria kniend auf der Kirchbank beten. Als Türke kannte er keine christlichen Gebete und wir verließen freudestrahlend den Dom von Buer. So ist der Pott eben, sogar der Pfarrer hatte sein Herz auf dem rechten Fleck und spielte unser Spiel einfach humorvoll mit.

Die Winter waren kalt und brachten Schnee, dafür waren die Sommer Kurzhosenwetter. Im Süden der Stadt, direkt an der Grenze zum rotweißen Erzfeind lag der Revierpark genau gegenüber der Trabrennbahn. Dorthin fuhr uns Krümels Vadder öfters. Den Eintritt für das Freibad und noch Restgeld fürn Pommes gab es von der Modder mit. Das Freibad war klasse. Aber noch besser und für uns interessanter war der Wellnessbereich. Nur durften wir ohne Begleitung der Eltern dort nicht rein. Das Geld für den Eintritt konnten wir uns zudem auch nicht leisten. Wenig Geld hatten wir zu Kindszeiten mehr als genug und trotzdem gelang es uns meistens, trotzdem das anvisierte Ziel zu erreichen. Auf jeden Fall fuhr Krümels Vadder uns mal wieder dorthin. Die Füße mussten im Auto wieder auf den Matten bleiben und wir bestaunten beim Einsteigen die zusätzlich montierten Bremsleuchten auf der Hutablage. Ötte, Tino, Krümel und ich also auf der Wiese im Freibad und schauten uns ein wenig nach neuen Bekanntschaften um. Krümel und Tino wollten ne Runde drehen und Ötte und ich hielten die Stellung auf der Decke. Als die beiden nach ner gefühlten Stunde noch immer nicht zurück waren, machte ich mich auf die Suche der beiden verloren gegangenen Kumpels. Nirgends waren die zu finden und ich wusste nicht mehr weiter. Ich stand vor dem Wellnessbereich und überlegte, wo ich noch suchen könnte, als es an der Scheibe klopfte und mir meine beiden Kumpels von innen ihr Zahnpastawerbelächeln entgegenbrachten. Mit den Händen signalisierten sie mir, wie ich mich auch dort hereinschleichen könnte. Der Eingang war von einer Kassiererin besetzt, kein Durchkommen möglich. Ich musste warten, bis die Frau im weißen Kittel ihren Platz kurz verließ und nutzte dann die Chance den Wellnesstempel zu betreten. Noch nie sah ich eine Sauna und die nackten Menschen dort. Auch die warmen beheizten Wohlfühlpools waren neu für mich. Jetzt zu dritt im verbotenen Bereich kümmerte uns nicht, dass Ötte als Letzter die Stellung draußen halten musste. Unser Glück währte aber nicht lang und die Frau im weißen Kittel zeigte uns den Weg zurück ins Freibad. Krümels Vadder sollte uns am Parkplatz zur verabredeten Zeit abholen und da wir noch Zeit hatten, hielten wir uns an der Kartbahn auf. Krümel hatte noch zwei Mark und Tino glaube ich auch. Der Preis für eine bestimmte Rundenzahl war auf alle Fälle höher. Jetzt verhandelten die beiden mit dem Kartbahnbesitzer aus, dass sie zwei Runden für zwei Mark drehen durften. Ötte und ich sahen aus der Entfernung zu. Wir zählten die erste und die zweite Runde unserer Kumpels. Eigentlich hätten sie nun bei dem bereitstehenden Besitzer der Kartbahn anhalten sollen. Doch beide fuhren weiter. Als sie dann noch einmal beide an den winkenden Mann vorbeifuhren, kochte der Kerl vor Wut. Krümel und Tino bremsten dann mitten in der Runde ab, stiegen aus, legten die Helme auf die Sitze und rannten einfach an anderer Stelle von der Kartbahn. Später auf der Rückfahrt lachten wir gemeinsam mit Krümels Vadder über dieses Erlebnis.

Krümels Vadder hatte einen Kaninchenstall. Dort hoppelten, solange ich mich erinnern konnte immer viele Hasen herum. Kaninchenställe hatten viele Mieter in unserer Zechensiedlung. Für uns Kinder war die Kaninchenzucht etwas völlig Normales. Ich hatte mir nie Gedanken darüber gemacht, wo die vielen Karnickel blieben, denn der Stall hätte nach einem Jahr überfüllt sein müssen. Wenn die Hasenkeule am Sonntag mit Kartoffelklößen und Rotkohl vor einem auf dem Tisch stand, überlegte man nicht lang und aß den Teller leer. Es kam irgendwann einmal der Zeitpunkt, als ich mit Krümels Vadder im Hasenstall war und er einen Hasen oder Häsin aus dem Käfig holte. Am Genick gepackt, schaute der Hase mit seinen runden Kaninchenaugen hilflos durch die Umgebung. Er wusste, was ihm blühte. Der Hase in der Hand von Krümels Vadder zappelte kurz herum und mit einem gekonnten Schlag ins Genick wurde das Karnickel ausgeknockt. Mit den Hinterbeinen an den beiden Schlaufen, die an der Decke befestigt waren, aufgehängt und mit dem Messer schnitt der Vater ihm die Kehle durch. Ich sah zu wie der Hase die Ohren hängen ließ und das war das Zeichen, dass er tot war. Nach einem oder zwei erneuten Schnitten mit dem Messer wurde dann das Fell mit den Händen vom Körper des Rammlers gezogen. Auf dem Stallboden wartete schon der schwarze Spitz und mit der Messerspitze hebelte Krümels Vater die vorher noch ängstlich dreinblickenden Augen aus, die dann auf dem Stallboden fielen. Der Spitz freute sich riesig über diese für ihn leckere Delikatesse. Nie werde ich das Geräusch vergessen, als der Hund die Augen des Hasen zerkaute. Hasenkeule schmeckt auch mir sehr, doch einen Hasen schlachten werde ich in meinem Leben niemals. Im Gegenteil, beim Schlachten habe ich seitdem immer mit Abwesenheit geglänzt.

In der Klasse stand der Geometrieunterricht an. Krümels und mein eigener Zirkelkasten lagen auf dem Schultisch bereit. Dieses Mal schaute ich nicht verträumt zu der alten

Kokerei, denn Krümel hatte einen hervorragenden Einfall. Mit der Spitze des Zirkels ritzten wir uns den Anfangsbuchstaben unseres Vornamens in den Unterarm, bis die Stelle blutete. Tage später bildete sich eine Kruste mit dem Buchstaben. Wir hörten dann aber nicht auf. Mit einem Kreuz verunstalteten wir unsere Unterarme weiter. Die Hoffnung das eine sichtbare Narbe verbleiben würde, erfüllte sich zu unserem Glück nicht. Für Krümel war die Sache damit erledigt. Für mich aber dummerweise nicht. Tino und ich waren so dumm und banden mit einem Bindfaden zwei Stecknadeln zusammen und tauchten die selbstgebaute Tätowiernadel in eine Füllfederpatrone mit blauer Tinte. Zwischen den beiden Nadelspitzen sammelte sich die blaue Farbe an und Tino hielt als erster seinen Bruder den Arm hin. Der ältere Bruder stach Tino den ersten Buchstaben seines Vornamens in den Unterarm. Wir saßen hinter der katholischen Kirche im Gras und machten fröhlich weiter. Jetzt war ich an der Reihe und hielt dem Bruder meinen linken Unterarm entgegen. Einige Minuten später zierte der Anfangsbuchstabe meines Vornamens in Blau meinen Arm. Diese Aktion sollte ich dreißig Jahre lang sehr bereuen. Denn die kleine Tätowierung verunstaltete mich und ich fühlte mich asozial. Ich schämte mich als Erwachsener der Dummheit früherer Jahre wegen. Doch dieser Kinderstreich bewahrte mich im Erwachsenenalter vor weiteren Tattoos. Heute laufen alle jungen Leute mit ihren Körperbemalungen stolz durch die Gegend und präsentieren ihre in die Haut gestochenen Bilder. Ich ging einen anderen Weg. Bei meinem Hautarzt wollte ich mir die Verunstaltung an meinem linken Arm weglasern lassen. Er schaute sich das Objekt an und schüttelte mit seinem Kopf. Zu tief gestochen, da nützt das Lasern nichts. Einzige Alternative wäre herausschneiden, war sein Kommentar. Jetzt bezahlte ich für die Dummheit meiner Jugend. Ich ließ den mit Tinte gestochenen Schandfleck aus meinem Unterarm schneiden, denn eine kleine Narbe war immer noch besser als das unmöglich aussehende Tattoo. Heute bin ich froh mich für die kleine Operation entschieden zu haben, denn das asoziale Gefühl überkommt mich jetzt nicht mehr.

Die Schule lief meist für uns nur nebenher. Es war ein notwendiges Übel. Jetzt war ich nicht dumm und machte immer das Nötigste, um einigermaßen gute Noten zu bekommen. Die Schularbeiten wurden oft erst morgens fünfzehn Minuten vor dem Unterricht auf der kleinen Mauer gegenüber dem Kiosk gemacht. Wir schlichen uns auch dort immer so durch. Krümel und ich korrigierten zum Beispiel oft beim Korrekturlesen die Diktate von Ötte und Thommy. Dadurch behinderten wir uns eigentlich eher selbst, denn wir konnten unsere Fehler nicht mehr verbessern. Trotzdem reichte mein Diktat meist für die Note Gut. Ötte und Thommy holten aber dank unserer Hilfe ein Ausreichend und waren glücklich. Kumpels im Pott helfen sich nun mal und bleiben Freunde fürs Leben. Irgendwann einmal, es war in der achten Klasse nannte mein Klassenlehrer die beiden Namen der unterklassigen Lehrer und fragte mich zu wem ich im nächsten Jahr wollte. Sitzenbleiben? Dat meint der doch nicht ernst, oder? Ich hatte immer einen Notenschnitt von Zweikomma irgendwat und nun stellt er mir sonne Frage. Es war trotzdem ein Weckruf und ich änderte danach meine Einstellung und gab Gas inne Schule. Mit meinem Abschluss hätte ich dann das Vollabitur in Angriff nehmen können, doch so weit sind wir ja noch nicht.

Es war die Vorweihnachtszeit, welches Jahr weiß ich nicht mehr genau. Zu Gast im Heimspiel der Blauen waren die Roten von der Isar. Es gab vor dem Anpfiff ein großes Fest im Stadion und die Fischerchöre traten dort mit einigen Weihnachtslieder auf. Das dritte Programm zeigte Ausschnitte davon und die zweite Halbzeit live. Damals gab es unvorstellbare drei Fernsehprogramme und wir waren trotzdem glücklich. Auf jeden Fall dirigierte Gottlieb Fischer seinen Chor filigran genau und die Sänger trillerten in den richtigen Tönen ihre einstudierten Lieder. Das Fernsehen und siebzigtausend Leute begeistert dabei. Was den Dirigenten wohl verzweifeln ließ waren wir. Denn wie immer hielten wir uns bei den Heimspielen im Innenraum des Stadions auf und hatten plötzlich die Idee mit dem Fischerchor zu singen. Wir konnten zwar nur die Blauen mit dem Publikum besingen noch kannten wir die Texte der Weihnachtslieder auswendig, doch abgehalten von unserem Vorhaben hat es uns aber nicht. Präzise genau wusste jedes Chormitglied, wo er zu stehen hatte und nahe am Mikrofon standen nur die besten Stimmen. Bis wir dazu kamen. Zu viert stellten wir uns einfach dabei und sangen völlig verkehrt unsere Lieder in das vor uns stehende Mikrofon. Bevor der Chorleiter explodierte suchten wir aber das Weite und verabschiedeten uns von unserer kurzen Gesangskarriere.

Das Spiel war an diesem Abend für uns eher Nebensache, denn der ehemalige Nationaltorwart und Weltmeister der Gastmannschaft spielte bei der Weihnachtsfeier den Knecht Ruprecht. Bei der vierhundert Meter Runde mit den Zuschauern auf den Rängen trug er meinen

Kumpel Tino durch das halbe Stadion, bis er ihn mit den Worten, spiel im Sand Kleiner in die Weitsprung Grube warf. Man hatten wir einen Spaß an diesem Tag im Stadion. Zuallerletzt gab es nach dem Spiel noch Interviews mit einigen Spielern und ich war bei einem dabei. Der Reporter des Westdeutschen Rundfunks stellte gerade live im Fernsehen den blonden Nationalspieler und jetzigen Vorstandvorsitzenden der Gäste seine Fragen, als ich von unten direkt mit meinem Gesicht vor die Kamera trat. Also im Fernsehen war nicht mehr der gefragte Nationalstürmer zu sehen, sondern ich und was tat ich? Ich rief ganz laut den Namen der Blauen in die Kamera. Meine Mutter erzählte mir bei meiner Heimkunft, sie konnte bis zu meinen Mandeln gucken und schämte sich für mich. Montags in der Schule war ich dann aber der gefragteste

Junge auf dem Schulhof. Übrigens, dat Trikot von dem blonden Schönling aus dem Süden habe ich nicht bekommen. Sollte er es doch behalten. Dies war nicht das einzige Erlebnis im Stadion mit den Medien, es gab noch mehr über die ich berichten werde.

Tiefgrau ging die Sonne an dem Morgen im Osten über den Rauchschwaden der Kokerei auf. Vor der Schule warteten wir auf den Reisebus, der uns ins Schullandheim ins bergische Land, nahe des damaligen Handballrekordsiegers bringen sollte. Krümel und ich kauften uns für zwei Mark Kippen. Er die Marke aus Amerika für die der Cowboy immer Werbung machte und ich die mit dem Kamel auf der Schachtel. Wir waren also für die Woche gerüstet. Dort angekommen bekamen wir unsere Zimmer und packten die Koffer aus. Danach das Treffen, um die Heimregeln kennenzulernen und dann ab nach draußen. Mit den

Kumpels die Glimmstängel anzünden und einen auf dicke Eier machen. Ich also zieh an meine erste Zigarette und hätte kotzen können. Was finden die Raucher nur so toll an einer Zigarette, fragte ich mich. Mit dem Fuß trat ich die weggeworfene Kippe aus und hatte nur noch Ekel für die Glimmstängel übrig. Neunzehn Stück waren noch inne Packung und diese Neunzehn verkaufte ich dann für zwei Mark an einen Klassenkameraden weiter. Das war die Geschichte meines Zigarettenrauchens. Nie mehr in meinem Leben versuchte ich noch einmal mit dem Zigarettenrauchen anzufangen. Übrigens Krümel raucht heute noch.

Fußballbilder sammeln war unsere Leidenschaft. Das Album musste voll werden. Nur wie ohne Geld? Die Antwort war schnibbeln. Es gab beim Schnibbeln den Steher, den Aufleger und einfach nur den

Weitesten. Beim letzteren konnte man nur einzelne Bilder gewinnen. Schnibbelte man gegen einen Konkurrenten gewann oder verlor man ein Bild. Gegen drei eben drei, vier bei vier usw. Interessanter waren die anderen beiden Varianten. Beim Steher wurden so viele Bilder aus einer bestimmten Entfernung an eine Wand geworfen, bis eine Karte stehen blieb. Der Werfer dieses Stehers gewann auf einen Schlag alle eingesetzten Fußballbilder. Beim Aufleger war es ähnlich, nur musste eine geworfene Karte mit irgendeiner seiner Fläche auf einer anderen Karte liegen bleiben. Wieder durfte der Gewinner alles Liegengebliebene an Karten einsammeln. War man kein guter Schnibbler half nur noch beten und der liebe Gott. Man musste beim Öffnen der Tüten hoffen, begehrte Tauschobjekte zu erwischen. Zum Beispiel war der Mittelstürmer der Blauen mit seinen

Fallrückziehern weltbekannt, zwischen zwanzig und fünfzig andere Fußballbilder wert. Hatte man den doppelt, besaß derjenige einen wahren Schatz. So war dann in der Schulpause das Schnibbeln mit Fußballbildern am Anfang einer Saison eine jährlich wiederholende Beschäftigung von uns.

Es kam die Zeit, als Mädchen genauso interessant wurden wie das Fußballspielen. Es kamen später sogar Zeiten, in denen das andere Geschlecht wichtiger als der Fußball wurden, dazu aber später mehr. Die Fußgängerzone wurde unser Jagdrevier. Mit den Sprüchen haste mal Feuer oder brauchste Feuer sprachen wir die Mädels an. Immerhin waren wir schon zwölf Jahre alt und da gehörte das Feuerzeug zum Inventar der Hosentaschen. Trotzdem hielt ich stand und rauchte nicht. Wir lernten, dass eine oder andere Mädchen so kennen.

Aber etwas Ernstes und Längeres wurde nie daraus. So verließen wir das neu abgesteckte Revier wieder und trafen uns auf dem Bolzplatz unserer Siedlung zum Pölen wieder.

Wenn wir nur zu dritt oder viert auf unserem Bolzplatz auf ein Tor spielten, stand meist ich im Tor. Meine Aufgabe war, nicht nur die Bälle die auf meinen Kasten kamen zu parieren, sondern das Spiel durch Kommentare spannend zu machen. Wir spielten die Spielzüge aus der Sportschau nach und ich kommentierte als Reporter das Geschehen und hielt dabei noch die Schüsse auf mein Tor. Natürlich gingen auch einige Bälle rein, aber das gehörte ja auch dazu. Oft sahen andere Kinder uns dort spielen und schlossen sich uns an und ruckzuck standen zwei Mannschaften auf dem Feld und das Spiel konnte beginnen. Wir waren wirkliche Straßenfußballer aus dem

Ruhrgebiet. Wir lebten den Fußball so, wie es die heutigen Jugendlichen nur noch vom Hörensagen kennen. Heute muss schon ein Fußballstar aus der Domstadt in sein Portemonnaie greifen und eine Soccerhalle aus dem Boden stampfen, um Straßenfußball zu fördern. Wir bolzten damals auf jeder noch so kleinen Grasfläche und die waren in den Siebzigern bei uns im Pott rar. Es wurden die Jacken in einem gleichen Abstand als Torpfosten auf das Gras gelegt und der Ball konnte rollen. Es wurde zwar viel diskutiert, ob der Ball drin war oder gegen den unsichtbaren Pfosten ging, aber das gehörte einfach dazu. Wir einigten uns immer und spielten weiter.

Der Dienstag und Donnerstag gehörten den Grünweißen. An diesen Nachmittagen war Training auf der Sportanlage. Es war manchmal schwer das Spiel mit den Kumpels zehn Minuten vor vier zu verlassen und mit dem Fahrrad zu den Grünweißen zu fahren. Aber, wer nicht zum Training kam, spielte samstags nicht und spielen wollten alle. Für Ötte und Krümel reichte die Leistung im Umgang mit dem Ball nicht aus, um sich bei den Grünweißen durchzusetzen. Beide hatten nur ein kurzes Intermezzo im Club und so blieben nur der Tino und ich über. Wir wollten aber mehr und kamen auf die wirklich tolle Idee uns nach einem Jahr bei den Grünweißen, bei den Blauen im Süden der Stadt anzumelden. Wir hatten ja keine Ahnung. Der erste Fehler, den wir machten, war der, dass wir uns im Stadion in der Geschäftsstelle als Mitglieder anmeldeten. Der zweite Fehler kam dazu, dass wir nicht mit den Trainern der Blauen sprachen, sondern einfach am Training teilnahmen. Die alte Kampfbahn aus den besseren Zeiten der Blauen war das Trainingsgelände. Es begrüßte uns wie bei den Blaugelben neben dem Schulhof ein Trainingsplatz mit schwarzer Asche. Ich hatte gedacht, bei einem Bundesligaverein sei alles picobello, doch so war es nicht. Die Knabenmannschaften liefen zum Aufgalopp an und auf dem Platz standen geschätzte dreißig Kinder, die Fußball spielen wollten. Wir liefen auf dem Platz und wir liefen um die Kampfbahn. Danach liefen wir die Hügel der ehemaligen Zuschauerränge rauf und runter. Der Ball kam bei fünf gegen zwei ins Spiel. Doch als die Mannschaften aufgestellt wurden und es zum Trainingsspiel kam, waren Tino und ich draußen. Etwa drei Wochen ging es so, bis nach dem Training einer der Trainer uns fragte wer wir eigentlich wären. Wir klärten ihn auf und er machte uns auf unsere Fehler bei der Anmeldung aufmerksam. Wir hätten uns dort im Jugendbereich anmelden müssen. Also waren wir gar nicht bei den Blauen angemeldet. Dann sagte der Trainer uns noch, dass der Verein sich die Jugendlichen selbst von anderen Mannschaften aussucht und wir es schwer haben werden hier zu spielen. Wir hatten echt gedacht unser fußballerisches Können reicht zumindest für die zweite Knaben der Blauen aus. Es war hart mit elf Jahren abgeschoben zu werden. Zumindest weil wir einige Wochen Spaß hatten. Das Training begann auch dort immer um vier Uhr nachmittags. Tino und ich fuhren aber immer direkt nach dem Mittagessen mit der Straßenbahn dorthin und waren schon um drei dort. Von zwei bis vier trainierten damals die Profis in der Kampfbahn und wir kickten mit einem Ball von denen hinter dem Tor auf der Wiese. Von einigen Reservespielern wurden wir auch erkannt, denn weiterhin saßen wir ja bei den Heimspielen fast auf deren Schoß. Naja, so war dann mein Versuch bei den

Blauen einzusteigen schnell beendet und ich schloss mich wieder den Grünweißen an. Trotzdem durfte ich mich an die Blauen und ihre Arroganz noch rächen. Ein Jahr später mit der Schülermannschaft trafen wir bei der Meisterschaft auf die Drittvertretung der Blauen. Schon beim Warmmachen der eingebildeten Schönwetterfußballer hatte ich den Keks auf. Wir pölten einfach drauf los und unserem Torwart flogen die Bälle um die Ohren und die Herren in Blau standen in Reih und Glied während ihrer Warmmachphase. Egal, die Quittung kam. Das Spiel dauerte zweimal dreißig Minuten. In der ersten Halbzeit wollte ich es denen zeigen und gab mein Bestes. Als Rechtsaußen spielte ich meinen Gegenspieler jedes Mal aus und versuchte ihn lächerlich aussehen zu lassen. Meine Flanke verwandelte dann unser Mittelstürmer zur Eins zu Null Führung für uns. In der Halbzeitpause sagte ich dem Trainer der Blauen, dass sie mich ja nicht haben wollten. Das sah aber unser Trainer und nahm mich daraufhin aus dem Spiel. Wütend verließ ich den Platz. Wir gewannen das Spiel Zwei zu null und auch das Rückspiel auf schwarzer Asche bei denen gewannen wir mit Zwei zu eins. Nicht die Blauen wurden Meister, nein, wir waren es die sich nach der Saison Meister nennen durften.

Hinter unserem Jugendheim, dem Fritz-Erler-Haus gab es einen Reifenhändler und daneben war eine große Fläche noch unbebaut. Wir nannten diese freie mit Gestrüpp bewachsene Wiese einfach Lager. Irgendwann fuhren dann die Baumaschinen dort auf und ein großer Supermarkt, sowie ein Block mit Mehrfamilienhäusern wurden auf der Wiese hochgezogen. Als die Gebäude im Rohbau standen, spazierten

Tino, Ötte, Krümel und ich als zwölfjährige Halbstarke los, um das Lager zu inspizieren. Was wir nicht wussten, war, dass die Baufirmen vorher schon mehrmals bestohlen wurden. Ich weiß nicht mehr wer, aber irgendeiner von uns zauberte eine Zigarre hervor und wir zündeten diese genussvoll an. Genau in diesem Moment fuhr die Polizei mit ihrem grünweißen Bulli um die Ecke in das neue Baugebiet. Es hieß nur, die Bullen kommen und wir flüchteten der Zigarre wegen weiter in das Lager hinein. Völlig entspannt mit Spaß in den Backen setzten wir unseren Streifzug fort. Plötzlich hörten wir durch den Baulärm die Worte, stehen bleiben Polizei. Krümel und ich sahen uns kurz in die Augen und nahmen dann die Beine in die Hand. Wir rannten gemeinsam vor den herbeilaufenden Polizisten weg. Ich sah schnell noch nach hinten und erkannte, dass zwei Polizisten

Tino und Ötte festhielten. Zwei andere uniformierte Hilfssheriffs aber unsere Verfolgung aufnahmen. Krümel und ich trennten uns. Ich rannte Richtung Hauptstraße an den Rohbaublock der Wohnhäuser vorbei, als sich einige Bauarbeiter mir in den Weg stellten. Wie ein Hase auf der Flucht vor dem Fuchs schlug ich einen Bogen und wechselte die Richtung. Der Polizeibeamte hinter mir konnte die Distanz zu mir nicht verkürzen und schien ziemlich sauer zu sein. In der Zwischenzeit wurde mein Kumpel Krümel von dem dritten Beamten gefasst. Meine Gedanken rasten und ich war mir sicher, dass meine Kumpels meine Identfikation nicht für sich behalten würden. Ich blieb stehen und hob die Hände in die Luft. Ein paar Sekunden später war der schnaufende, nach Luft holende Polizist bei mir. Er sah nicht nur wütend aus, er war es auch. Mit hinter dem Rücken verdrehtem

Arm wurde ich den langen Weg zu der wartenden grünen Minna gebracht. Meine Kumpels saßen schon auf den Rückbänken zwischen den Beamten in Grün und erwarteten meine Ankunft. Wir kamen uns vor, wie Schwerverbrecher und hatten doch nur der Zigarre wegen ein schlechtes Gewissen. Der Polizeibulli hatte natürlich für Aufmerksamkeit am Fritz gesorgt und als wir langsam dort vorbeifuhren, standen eine Menge Leute vor der Tür und sahen uns verhaftet vorbeifahren. Aus der Menge hörten wir plötzlich Krümels älteren Bruder rufen, das ist ja mein Bruder mit seiner Bande und wir fingen alle vier im Polizeiauto an zu lachen. Schnauze halten war der Kommentar der schlechtgelaunten Uniformierten. Im Polizeirevier auf dem Marktplatz neben der Post wurden wir vier dann einzeln verhört. Diebstahl und Sachbeschädigung wurde uns vorgeworfen.

Mit keinem von beidem hatten wir aber zu tun und so kamen die Polizisten mit ihren Untersuchungen nicht weiter. Krümel war als erster in ein Verhörzimmer gebracht worden. Ich wurde als Letzter in den Raum gebracht, indem vorher Tino und Ötte verhört wurden. Als ich die Vorwürfe hörte, traute ich meinen Ohren nicht. Als der Staatsdiener dann noch sagte Tino und Ötte hätten gestanden, traute ich meinen Ohren gar nicht mehr. Dies sollte wohl ein Witz sein. Ich erklärte dem vor mir sitzenden Schreibmaschine tippenden Polizisten nur, dass wir wegen der Zigarre weggelaufen sind und sonst nichts. Es gab nichts zu gestehen. Als ich das Zimmer verlassen durfte war Krümel immer noch bei seinem Verhör. Er musste dort länger ausharren als wir anderen drei zusammen. Nach der ganzen Prozedur durften wir das Polizeirevier nicht so einfach verlassen. Zwei

Polizisten fuhren uns nach Hause und einer von denen übergab mich dann als ersten meinen Eltern. In der Nachbarschaft sahen natürlich alle, dass ich von der Polizei nach Hause begleitet wurde und dies war meiner Mutter peinlich. Nachdem der Polizist gegangen war, klärte ich meine Eltern wahrheitsgemäß auf und sie glaubten mir. Ich durfte wieder nach draußen und ging zu unserem Treffpunkt dem Bolzplatz. Es dauerte nicht lange und alle vier standen wir wieder beisammen und prahlten vor den anderen mit unser Geschichte.

In der Schule fand mal wieder ein zusammengefalteter Zettel den Weg zu uns. Ötte und ich saßen zusammen an dem letzten Tisch hinten links im Klassenzimmer. Neben uns war der Schrank, in dem die schweren Atlanten für den

Erdkundeunterricht auf ihren Einsatz warteten. Dieses Mal standen fein säuberlich von Mädchenhand unsere beiden Namen auf dem Stück Papier geschrieben, dass über mehrere Hände den Weg zu uns fand. Wir wurden zu Chrissis Geburtstagsfeier eingeladen. Nachdem wir die Einladung gelesen hatten, schmissen wir die geschriebene Anfrage wie alle anderen Liebes Zettelchen in den neben uns stehenden Schrank. Krümel wurde natürlich auch eingeladen und was machen zwölfjährige Jungs aus dem Pott, wenn sie im November von einem Mädchen zur Geburtstagsfeier eingeladen werden? Sie informieren sich, wer noch alles an der Feier teilnimmt. Nina, Anja, Sabine und Andrea sollten auch kommen. Es war der Monat November und wir hatten noch eine knappe Woche Zeit uns auf den Tag der Geburtstagsfeier vorzubereiten. Zuerst wurde ausgemacht, wer mit wem gehen durfte. Bei der Einteilung, fiel dann auch mal der Wortlaut: Nee, die habe ich beim letzten Mal schon gehabt. Also noch einmal neu überlegen und hoffen der Zettel mit der Anfrage wurde von der Herzensdame auch mit ja beantwortet. Mit ein wenig Glück war man dann nicht allein auf der Geburtstagsparty. Im November ging auch im Ruhrgebiet die staubverhangene Sonne früh unter und es wurde schnell dunkel. Der kommende Abend spielte uns allen in die Karten, denn so konnten wir das eingeschaltete Licht in Chrissis Kinderzimmer wieder ausschalten und niemand sah, wen man küsste. Natürlich war das Licht nicht die ganze Zeit aus, denn beim Flaschendrehen mussten wir ja erkennen auf wem die leere Colaflasche zeigte. Als dann die Musik lief, fühlten wir uns wie in dem französischen Teenagerfilm

La Boom, die Fete. Einige Wochen später fehlte ich erkältungsbedingt einen Tag in der Schule. An diesem Tag benötigte meine Klasse die Atlanten für den Erdkundeunterricht. Ich weiß nicht wie, aber die anderen Klassenkameraden fanden beim Verteilen der schweren Bücher, die von uns so unachtsam entsorgten Liebes Zettelchen. Der Spaß beim Vorlesen nach der Erdkundestunde war natürlich auf deren Seite.

Und wieder einmal standen die Schulferien vor der Tür. Für mich hieß es, die nächsten sechs Wochen zu Hause vor der Tür unter dem Rauch der Kokerei zu verbringen. Doch es kam anders. Krümel fragte mich, ob ich nicht mit ihm die Ferien in der deutschen demokratischen Republik, so hieß Ostdeutschland früher, verbringen wollte. Über die kommunistische Partei Deutschlands fuhren wir dann mit dem Zug nach Sachsen-Anhalt in ein Ferienlager. Es ging also in die Ostzone. Auf der Fahrt zur Grenze verlor ein Jugendlicher seinen benötigten Reisepass und der ganze Zug durfte bis zur Klärung der Bürokratie nicht in Honeckers Deutschland einreisen. Der Blödmann hat seinen Ausweis bei der Zugfahrt aus dem Fenster gehalten. Krümel und ich hatten damals hoch moderne Jeansjacken an. Doch wir mussten die Jacken an der Grenze ausziehen und durften diese in den ganzen Ferien nicht mehr überziehen. Beide hatten wir den Namen unserer Lieblingsgruppe Kiss auf dem Rücken der Jacken genäht. Den Kommunisten gefiel aber das SS nicht und so verboten sie uns die Jacken zu tragen. Im Ferienlager angekommen wurden wir schnell auf die einzelnen Holzhütten verteilt. Mit zehn Jugendlichen war unsere Zweizimmerbehausung belegt worden.

Schnell eröffnete sich für mich der Eindruck das Ferienlager sei ein Umerziehungslager für politisch demokratisch denkende Kinder. Wir durften das Lager nur in Gruppen unter der Führung unserer Aufpasser verlassen. Das angebliche Feriendomizil war genauso umzäunt wie das ganze Land. Das Essen wurde in einer großen Halle angeboten und ich erinnere mich, dass es zum Nachtisch immer nur Äpfel oder Birnen gab. Bananen oder andere Südfrüchte kannten die dort nicht. Uns wurden jeden Tag die Vorzüge des Arbeiter- und Bauernstaates vorgegaukelt und wie toll doch die deutsche freie Jugend sei. Schon das Wort frei war genau so eine Lüge wie der offizielle Name Ostdeutschlands, deutsche demokratische Republik. Egal, wir waren damals dort und mussten zusehen, die Zeit im Ferienlager abzusitzen. Durch den Zaun tauschten wir mit den heimischen Jugendlichen ihre Orden gegen Kaugummi oder Schokoladeriegel. Bei der freien deutschen Jugend bekamen die Kinder immer kommunistische Orden und diese tauschten sie gegen unsere Süßigkeiten ein. Durch den Zaun wechselten wir aber auch noch einen Teil unseres Taschengeldes heimlich ein. Eigentlich mussten wir unser Taschengeld bei den Erziehern abgeben und bekamen es anteilmäßig über den Aufenthalt verteilt von denen zurück. Doch ein paar Mark konnten wir dann doch eintauschen und wunderten uns über das leichte Plastikgeld. Für zwei Westmark wurden uns zehn Ostmark zugesteckt. Nur wissen durfte unser Geschäft niemand. Das Problem war nur dies, wir konnten uns noch nicht einmal eine Tafel Schokolade von dem eingetauschten Geld kaufen, es gab einfach keine. Dafür hatten mein Bruder und ich von unseren Eltern genügend verschiedene Schokoriegel mitbekommen. Die Leckerei sollte uns über die drei Wochen bringen und wartete darauf von uns verspeist zu werden. Als ich dann einen Tagesausflug in die Stadt Halle mit einer Gruppe machen durfte, fand ich bei meiner Rückkehr die Tasche mit den Schokoriegeln in meinem Schrank leer vor. Die Jungen in meiner Holzhütte haben sich schön zu meinem Leidwesen den Bauch mit meiner Schokolade voll gekloppt. Auch Krümel als einer der Anstifter hinterging mich damals. Er hätte mich doch einfach nur fragen brauchen und ich hätte mit ihm die vielen Süßigkeiten geteilt. Ich hatte Heimweh und wollte nach Hause. Ich fühlte mich dort nicht wohl. Es schien mir so, als wäre dort nach dem Krieg die Zeit stehen geblieben. In den Schaufenstern der Geschäfte sah man nichts, weil es nichts gab. Die Häuser sahen schlimmer aus als die schlechtesten Bauten im Kohlenpott. Die

Fassaden bröckelten und wurden nicht renoviert. Die Straßen waren mit ihren Löchern unfahrbar und überall hörte und sah man nur die Zweitakter rumknattern. Ich fragte mich, was wollten die Kommunisten uns Kinder nur verkaufen? Das unfreie Leben dort war für ein westdeutsches Kind nicht zu ertragen. Am Ende des Ferienlagers fand ein Sportfest an. Es sollten die verschiedensten Sportarten im Wettkampf ausgeübt werden. Jetzt kannten wir von der Schule bei den Bundesjugendspielen natürlich auch den Weitwurf. Bei uns wurde ein Schlagball oder ähnlich versucht so weit wie möglich zu werfen. Dort wurden wir auch für den Weitwurf eingeteilt und stellten uns in Reih und Glied an. Doch statt einen Ball zum Werfen, wurde uns eine ausgediente Stabgranate in die Hand gedrückt und wir sollten diese im hohen Bogen weit in das vor uns liegende Feld werfen. Wie krank muss ein System eigentlich sein, Kindern im sportlichen Wettkampf Stabgranaten in die Hand zu drücken? Auf der Rückfahrt mit dem Zug wurden wir an der Grenzmauer mehrere Stunden festgehalten und mit Schäferhunden von den Grenzsoldaten jeder Wagon durchsucht. Als die Lokomotive dann wieder anfuhr, zogen Krümel und ich unsere Jeansjacken über und freuten uns auf unser Zuhause dem Kohlenpott. Überzeugen konnte die kommunistische Partei mich als Kind schon nicht und ich blieb jahrelang den Sozialdemokraten treu.

Die Siebziger Jahre verließen uns und es kamen die Achtziger. Die Sonne ging aber noch genauso grauverschleiert über den Rauch der Kokerei auf wie vorher. Auch die Fassaden der Häuser zeigten sich noch immer in einem einheitlichen Grau. Grau war die Farbe des Ruhrgebietes und daran änderte sich nichts. Wir atmeten sogar graue Luft ein und wundern uns heute über die hohen Lungenkrebszahlen in unserem Revier. Trotzdem gab es auch Veränderungen. Die Mode wurde anders und die Musik, die wir hörten, auch. Plötzlich hörte ganz Deutschland heimatsprachlichen Rock und Pop. Neue deutsche Welle wurde die Musikrichtung damals genannt. Der Schlag in der Jeanshose wurde durch die Röhre, die hauteng saß ersetzt. Endlich gab es Hits, die wir verstanden und auch laut mitsingen konnten. Die englischen Lieder verstanden wir doch überhaupt nicht und mitgesungen wurde meistens auch noch falsch. Die Ära hielt sich so zwei oder drei Jahre und flaute dann wieder ab. Heute gibt es zwar die neue deutsche Welle nicht mehr, doch deutschsprachige Musik findet zurzeit reißende Anhängerschaften, egal ob im Schlager, Rock oder Pop. Auch die Röhrenjeans aus den Achtzigern ist heute wieder angesagt. Auch wir saßen damals auf dem Spielplatz vor unserem Bolzplatz und ließen den Kassettenrecorder bei voller Lautstärke laufen.

Es war das Jahr, an dem sich noch mehr änderte. Die Blauen stiegen einundachtzig zum ersten Mal in die zweite Liga ab und die erste Fußballbundesliga musste ohne die Mannschaft aus dem Pott auskommen. Kein Derby gegen die Schwarzgelben. Stattdessen gab es ein kleines Nachbarstadtduell gegen die Rotweißen. Tino, Krümel und ich waren am letzten Spieltag live dabei. Nur dieses Mal waren wir nicht die einzigen Zuschauer im Innenbereich. Die Blauen spielten gegen die Domstädter und verloren glaube ich mit null zu Zwei. Kurz vor Schluss stürmten die

Fans aus der Nordkurve über den abgezäunten Wassergraben und warteten vor dem Grün auf den Abpfiff des Schiedsrichters. Als dann der Schlusspfiff ertönte, rannten die Spieler schnell wie der Blitz in die Katakomben des Stadions. Vor allem die rotgekleideten Domstädter hatten die pure Angst in den Augen stehen und waren froh sich rechtzeitig gerettet zu haben. Wir standen dann im Marathontor und ich sah erwachsene Männer weinen. Die Hardcorefans, die sich jahrelang Schlägereien mit den gegnerischen Parteien geliefert hatten, schämten sich nicht in aller Öffentlichkeit ihren Tränen freien Lauf zu lassen. Sie sangen sich Mut zu und hofften sofort wieder aufzusteigen. Heute wissen wir es besser und die Achtziger waren für die Blauen ein sehr schlechtes Jahrzehnt.

Mit dem Übergang der Siebziger in die Achtziger bekam ich endlich mein

Bonanzafahrrad. Das Bonanzafahrrad war Mitte der Siebziger der Hit. Der hohe Lenker und der lange Sattel mit der Sissybar machten den Drahtesel zu etwas besonderen. Die Dreigangschaltung in der Mitte des Rahmens mit seinem dicken Schalthebel hoben dieses Fahrrad von den anderen ab. Es war der Chopper der Drahtesel und wir fühlten uns wie die Schauspieler in dem Hollywoodstreifen Easy Rider. Ich sah das Bonanzarad wochenlang im Schuppen der Nachbarn vor sich hin gammeln und fragte die Besitzerin einfach, ob ich es haben könnte und sie sagte ja. So ging das Bonanzafahrrad in meinen Besitz über, ohne eine Mark dafür ausgegeben zu haben. Irgendwie gehörte das Fahrrad nicht typisch zum Ruhrgebiet, aber es gehörte zu den Siebzigern wie die Farbe Grau zum Pott.

Kleine Kinder waren wir keine mehr. Wir durften uns nun Teenager nennen. Grün hinter den Ohren meinten wir die Welt gehörte uns oder zumindest unsere Siedlung. Krümels Vater hatte im Schuppen eine alte Kreidler Florett. Der Garten zu Krümels Zechenhaus war ein langer Schlauch und dort fuhren wir öfter mit dem Moped. Manchmal musste auch die Hobby Rider von Krümel größeren Bruder dran glauben und das alles heimlich im Verborgenen. Irgendwann kam mein Kumpel mit zwei paar Boxhandschuhe an und wir machten die Wiese vor der Laube von Krümels Garten zu unserem Ring. Die Handschuhe für Erwachsene waren viel zu groß und vor allem zu schwer für uns. Keine Ahnung vom Boxen schlugen wir uns die behandschuhten Fäuste ins Gesicht. Man ey, jeder Treffer tat richtig weh und oft genug sah man Sterne. Ich war auch sonst kein Schläger und tat mich schwer meinen Kumpels ins Gesicht zu schlagen. Ich war unterlegen und fand keinen Gefallen daran Freunde zu schlagen. Meine Boxkarriere endete genauso schnell, wie sie angefangen hatte.

Ab und zu fuhren Krümel und ich mit seinem Vater zum Silbersee. Es war eigentlich illegal dort schwimmen zu gehen. Doch das Kiesloch mit dem weißen Sand und dem türkisfarbenen Wasser war einfach zu einladend. Wir wähnten uns in der Karibik. In den Sommerferien kam uns dann die Idee, dass wir dort ein Wochenende verbringen wollten. Das Zelt wurde genauso wie die Dose Ravioli und die Luftmatratzen eingepackt. Krümel, Thommy und ich waren so weit. Nur konnte uns plötzlich Krümels Vater nicht mehr dorthin fahren und wir überlegten, wie wir die dreißig Kilometer hinter uns bringen könnten. Mir kam die Idee unseren Nachbarn zu fragen. Er hatte sich gerade einen Dreier mit hundertdreiundvierzig Pferdestärken und sechs Zylinder zugelegt. Für zehn Mark hat er uns mit seiner Rakete zum Silbersee gefahren. Wir raus aus dem Wagen und so schnell wie wir gekommen sind, sahen wir auch nur noch die Rücklichter des Sportwagens aus der Münchener Autoschmiede. Wir schauten uns um und kamen zu dem Entschluss, dass der See wohl mehrere Zugänge hätte. Wo wir jetzt standen wusste keiner von uns, denn hier waren wir noch nie. Der Weg zum See wurde lang und länger und der Postsack mit dem Inventar immer schwerer. Wir liefen den Weg, den alle dort nahmen und kamen nach einer gefühlten Stunde am Strand an. Der See war wunderschön, doch nicht der Silbersee, den wir kannten. Wie sollte Krümels Vater uns hier abholen können, wenn er zu einem anderen See fährt, fragten wir uns. Handys gab es damals noch nicht und die nächste Telefonzelle war zehn Kilometer entfernt. Na ja, wir beschlossen erst einmal das Wochenende dort zu verbringen und Spaß zu haben. Wir tobten herum und sprangen von den Hügeln ins karibische Wasser. Alles lief gut, bis zu dem Punkt als wir das Zelt aufbauten. Der Schlafplatz für die nächsten zwei Nächte war gerade aufgestellt, als zwei Polizisten von uns wissen wollten was wir hier trieben. Eine halbe Stunde später ging es für uns mit Sack und Pack dank eines Platzverweises der Polizei wieder Richtung Bundesstraße. Wir wussten alle drei genau, dass wir unmöglich nach Hause laufen konnten. Als wir die Straße Richtung Stadt beliefen, wollten wir dort den Daumen heraushalten und so per Anhalter der Heimat ein Stück näherkommen. Unsere Hoffnung war, vielleicht würde ja ein Auto aus unserer Stadt vorbeikommen und uns nach Hause mitnehmen. Doch die Kennzeichen waren alle aus anderen Städten und so hielt dann ein Auto mit dem Kennzeichen der Nachbarstadt an und nahm uns bis zur Autobahnauffahrt mit. Dort in der Nähe gab es ein Wirtshaus und der Wirt ließ uns nach Hause telefonieren. Dieses Mal holte mein Vater uns ab und die Nacht verbrachten wir dann Ravioli verspeisend unter mein Zeltdach in unserem Garten.

In der Fußgängerzone der Innenstadt war immer was los. Einmal standen die Kinder und Jugendlichen beim Torwandschließen vor dem großen Kaufhaus der Kurdorfkette Schlange. Deutschlands größte Fußballfachzeitschrift rief zum Torwandschießen auf. Wir reihten uns ein und waren dann irgendwann dran. Es gab Preise zu gewinnen. Der erste Preis war ein halbjährliches kostenloses Abo der Fachzeitschrift. Der Haken, jeder hatte nur einen Versuch mit drei Schuss drei Treffer zu erreichen. Als ich dann den Lederball in die Hand nahm und der Angestellte des Veranstalters mir noch auf den Weg gab, dass es egal ist, wo der Ball reingeht, oben oder unten spielt keine Rolle, Hauptsache drei Mal Treffen, legte ich los. Jeden Montag und jeden Donnerstag lag in unseren Postkasten, dann für ein halbes Jahr die Fußballlektüre, die ich mit Begeisterung las.

Auch wenn der Himmel zu unserer Zeit nicht azurfarbend über unseren Köpfen hing und die Sonne nicht goldgelb, sondern graugelb aufging, hatten wir viel Spaß und eine abenteuerliche Kindheit. Langeweile kam nie auf. Wir wussten uns immer zu beschäftigen. Wir waren Straßenkinder, die sich immer draußen aufhielten. Trotzdem hatte ich einen Kindheitstraum mit Namen

Spanien. Ich wollte die Sonne auf der iberischen Halbinsel aufgehen sehen. Die sommerliche Wärme auf meiner Haut spüren und in den Fluten des Mittelmeeres baden. Mit Sehnsucht sah ich abends in unserem Fernseher und schaute mir mit tränenden Augen die Filme aus dem mediterranen Raum an. Es begannen die Sommerferien und wie immer, war bei uns zu Hause keine Urlaubsreise geplant. Zuviel Arbeit und zu wenig Geld machten eine Reise in den Süden nicht möglich. Doch in diesen Ferien nahm Krümel das Zauberwort Lloret de Mar in den Mund. Kaum ausgesprochen, leuchteten meine Augen. Er erzählte mir, dass er eventuell mit seinem Vater eine Reise an die Costa Brava plant. Mein Herz schlug höher und ich wollte mit. Krümels Vater hatte nichts dagegen und so bettelte ich meine Eltern an, mitfahren zu dürfen. Die Reise mit dem Bus in die

spanische Urlaubsmetropole sollte zehn
Tage dauern und war für dreihundert Mark
pro Person erschwinglich. Meine Eltern
gaben ihr o.k. und ich fieberte dem Tag der
Abreise entgegen. Die erste Ferienwoche
ging genauso schnell vorüber wie die zweite
schulfreie Woche. Krümels Vater ging weiter
arbeiten und ich hoffte jeden Tag auf die
Ansage, dass es nächsten Freitag losgehen
würde. Doch auch die dritte Woche ging
vorbei und ich verbrachte die erste
Ferienhälfte unter dem Rauch der Kokerei.
Als die vierte Ferienwoche dem Ende zuging
und Krümels Vater noch immer keinen
Urlaub bekam, ging mein Traum Spanien zu
sehen in Rauch auf. Mein Herz blutete und
die Sehnsucht in den Süden zu fahren
erstickte mich fast. Wir blieben die Ferien im
Pott, spielten Fußball auf unserem Bolzplatz
und träumten weiter von Spanien. Das
Fernweh ließ mich bis heute nicht mehr los

und ich nutzte meine arbeitsfreie Zeit im Erwachsenenalter, um all die Länder meiner Träume bereisen zu können.

Wenn die Mutter die Fenster putzte, lag die Tage später wieder eine graue Staubschicht auf den weißen Rahmen der frisch geputzten Fenster. Genauso war es mit dem frisch polierten Auto des Vaters. Der Staub war überall, unsichtbar für uns, doch er war da und wir lebten damit. Es gab damals keine Kohlendioxidgrenzwerte. Auch der Katalysator für Autos kam erst später und die Kokerei rauchte auch weiter vor sich hin. Staublunge war das Wort, dass einen bei uns überall eingeholt hat. Die Kumpels unter Tage konnten ein Lied darüber singen. Mein Opa hustete als Rentner Jahre nach Verlassen der Zeche noch Kohlenstaub aus. Er wurde Asthmatiker und starb später im frühen Alter von sechzig Jahren an dem eingeatmeten grauen Staub. Es war meine erste Begegnung mit dem Tod. Vorher habe ich mir nie Gedanken darüber gemacht, dass in unserer Familie mal irgendwann jemand den Weg des Ablebens nehmen würde. Jetzt war der eine Opa nicht mehr da. Wen sollte ich jetzt meine Fragen stellen? Er wusste doch immer alles. Er war der Opa mit dem Videorekorder, als dieser Anfang der Achtziger auf den Markt kam. Unmengen an Filme haben wir nachmittags bei ihm verschlungen. Das alles war auf einmal vorbei. Ich vermisste ihn und trauerte in mich hinein. Die Oma war jetzt allein in ihrer kleinen Wohnung die bei Geburtstagen immer so überfüllt gewesen ist. Meine anderen Großeltern lebten aber noch und die liebte ich abgöttisch. Ich war dort immer mehr als willkommen und froh sie zu haben. Erst wenn man einen geliebten Menschen verliert, weiß man, dass das Leben keine Selbstverständlichkeit ist.

Der Videorekorder veränderte Anfang der Achtziger das Geschehen. Jetzt wurde sich nicht nur über Fußball unterhalten, nein jeder redete über Rocky Balboa oder Bruce Lee. Filme gucken war plötzlich zur Sucht geworden und der Tausch mit den Videokassetten lief auf Hochtouren. Wir verschlangen die Filme wie die Luft zum Atmen. In dem ersten Teil der Rockyfilme spiegelte sich das Schicksal vieler Kumpels des Ruhrgebietes wider. Es wurde hart gearbeitet, geklotzt und sich gegenseitig geholfen. Doch richtig viel Geld hatte in unserer Siedlung kaum jemand. Der Kumpel malochte für sich und seine Familie, war froh nach Feierabend eine Flasche Bier und das von der Frau gehütete Zechenhaus genießen zu dürfen. So wie der Boxer Rocky in seinem ersten Film der Reihe. Das Geld, dass der Bergmann verdiente gab er auch zum Leben aus. Zum Sparen fehlten einfach die Mittel und trotzdem waren wir in der Siedlung meist glücklich. Die Kleinigkeiten machten uns froh. Hatte der Nachbar ein neues Auto, wurde nicht neidisch darüber gesprochen, sondern ihm wurde anerkennend auf die Schulter gehauen. Wir Kinder wollten dann immer wissen, wie schnell der neue Besitz denn sei. Wir schauten dann immer auf dem Tacho und glaubten, wenn dort zweihundert stand, dass die Karre auch so schnell war. Das meistgefahrene Auto war nun mal der Käfer und dessen Tacho ging nur bis hundertvierzig.

Unsere Siedlung bestehend aus den Zechenhäusern, grenzte im Westen an einem Kraftwerk. Dort stand ein aus roten Backsteinen gebauter Schornstein, der mit seinem ungefähr hundert Metern Höhe in den Himmel ragte. Dieser Schornstein sollte gesprengt werden. Wir Kinder redeten die ganze Woche über das bevorstehende Ereignis. Endlich mal richtig Action bei uns. Die Sprengung war für einen Samstagmorgen vorgesehen und in der Woche davor, bereitete der Sprengmeister mit seinem Team alles akribisch genau vor. Der rote Backsteinkamin sollte unten mit einer ersten und in der Mitte mit einer zweiten Explosion ineinander fallen. So die Theorie. Die parallelverlaufende Straße zum Kraftwerksgelände wurde gesperrt und alle Anwohner mussten ihre Häuser verlassen und sich hinter der Absperrung das Schauspiel ansehen. Die halbe Siedlung stand dort und wartete auf das bevorstehende Großereignis. Explosionen kannten wir nur aus den Hollywoodfilmen und nun sollten wir alle als Zeugen bei einer richtigen Sprengung dabei sein. Krümel, Ötte, Tino und ich fehlten natürlich nicht und standen bei den vielen Schaulustigen.

Doch lustig wurde es in den nächsten Minuten nicht. Die Sirene ertönte und mit einem lauten Knall explodierte das angebrachte Dynamit. Wir schauten alle bewegungslos mit offenen Mündern zu und sahen den Kamin auf uns zufallen. Der Schornstein fiel nicht wie geplant ineinander, sondern er kippte einfach in voller Länge in unserer Richtung um. Eine große graue Rauchwolke machte sich auf den Weg zu uns. Es war aber nicht nur die Rauchwolke die den Weg zu uns Schaulustigen fand. Der Schornstein prallte auf den Erdboden und schleuderte dabei seine Backsteine in Richtung unserer Siedlung. Plötzlich hörten wir die Steine in die Dächer der umstehenden Häuser aufschlagen. Danach gingen Fenster und Autos zu Bruch. Wir standen immer noch wie angewurzelt umgeben im grauen Explosionsstaub dort und hörten die ersten

Leute schreien. Einige Steinsplitter trafen die Zuschauer und die Notfallkliniken hatten plötzlich einiges an Arbeit an diesem Samstagmorgen dazu bekommen. Wie durch ein Wunder ist meinen Kumpels und mir nichts passiert. Andere dagegen hatten an diesem Tag nicht unser Glück und mussten mit Platzwunden in den naheliegenden Krankenhäusern behandelt werden.

In der Schule gab es einen Raum im Keller, in der manchmal der Kunstunterricht stattfand. Dort stand ein alter Küchenschrank den die Putzfrauen wohl benutzten. Die Schranktüren waren mit Vorhängeschlössern gegen neugierige Blicke gesichert. Unser Interesse war geweckt. Wir fragten uns, was es wohl dort im Schrank vor uns zu verbergen gab. Die Jungs eine Klasse über uns gaben dann denn hinweisenden Tipp. Die Putzfrauen hätten dort einen Vorrat an vollen Schnapsflaschen angelegt. Ich weiß nicht mehr und warum, aber irgendwann war ein Schloss einer Schranktür entriegelt und siehe da, die älteren Jungs hatten recht. Wir staunten nicht schlecht und stibitzten eine Flasche Appelkorn. An den Garagen hinter der Pommesbude nippte jeder von uns mal an der Flasche und dann flog sie im hohen Bogen in den Müll. Für uns war die Sache damit erledigt, doch nicht für den Schuldirektor. Krümel, Tino, Ötte und ich saßen bei der Weihnachtsfeier der Grünweißen und der Nikolaus las von seinem Zettel unsere bisherige Saisonleistung ab. Jeder Spieler musste vortreten und sich seine Kritik und seinem Lob anhören. Mit den Eltern ging es dann heim und zu Hause lag die Post von der Schule auf dem Tisch. Meine Eltern wurden genauso wie die Eltern meiner Kumpels vom

Direktor vorgeladen. Als ich mit meiner Modder dort auf Einlass wartete, öffnete sich die Tür und Ötte kam mit seiner Mutter weinend aus dem Büro des Schulleiters. Ich erfuhr dann, dass der Alkohol dem roten Kreuz gehört haben sollte. Ich sagte die Wahrheit und zum Schluss mussten wir jeder zehn Mark von unserem Taschengeld an das rote Kreuz spenden. Gott sei Dank war das Thema damit auch bei uns zu Hause beendet. Was dem Kumpel im Pott vielleicht von anderen unterscheidet, ist seine ehrliche Haut. Vom Kindesalter an wurde uns beigebracht, zudem zu stehen was wir verursacht oder auch manchmal verbockt haben. Ehrlich währt am längsten war ein Satz, den ich oft hörte. Ich glaube deshalb sind wir auch mit der Spende unseres Taschengeldes bei dem Direktor so glimpflich davongekommen.

Die neue deutsche Welle wurde wieder von englischsprachigen Liedern abgelöst und die Blauen spielten wieder erstklassig, nur um danach wieder abzusteigen. Ich träumte mit meinen vierzehn Jahren davon mit fünfzehn eine Kreidler Flory drei Gang zu besitzen. Jeden Sonntag nach der Kirche, ich musste meinen jüngeren Bruder immer begleiten, dabei war ich froh die Kommunion und Firmung als anständiger Katholik hinter mich gebracht zu haben, suchten wir die Schaufenster des beheimateten Zweiradfachgeschäftes auf. Dort stand sie dann, das Objekt meiner Begierde. Glänzend neu rief sich mich sonntags immer zu sich. Für mich war klar, dieses Mofa würde für mich unerschwinglich sein. Uns fehlte einfach der Wohlstand, um sich solche Dinge leisten zu können. Also träumte ich weiter und spielte noch immer Fußball bei den Grünweißen. Es kam die Zeit der Praktiken.

Das war meine Chance. Zuvor starteten die Herbstferien und danach ging es von der Schule aus direkt zu den Praktikumsstellen. Drei Wochen arbeiten, um sich an die nahe Zukunft zu gewöhnen. Meine Eltern hatten einen kleinen Betrieb und ich handelte mit meinem Vater folgenden Deal aus. Ich gehe mit ihm zu den Baustellen und helfe ihm. Mein Einsatz waren die Ferien und die Praktikumszeit und sein Einsatz waren dreihundertfünfzig Mark. Warum genau dieser Betrag? Ganz einfach, dreihundertfünfzig lagen bei mir auf meinem Sparbuch und eine Anzeige würde mir erlauben für siebenhundert Mark eine gebrauchte Flory drei Gang zu erwerben. Mir fehlte nun mal das Geld, welches ich mir im elterlichen Betrieb dazuverdienen wollte. Mein Vater war einverstanden und der Weg zu meinem Mofa war geebnet. In der Schule wurde damals angeboten die Lizenz zum

Führen eines Fahrrades mit Hilfsmotor zu machen. Wir übten mit den Fragebögen und ein paar Wochen später absolvierten wir die theoretische Prüfung in einer Fahrschule. Ich machte meine Kreuze und durfte dann draußen auf das Ergebnis warten. Zu sechst warteten wir dort, als der Prüfer zu uns kam. Er sagte die Namen auf und wir setzten uns auf den zugewiesenen Plätzen. Ötte und Thommy saßen mir gegenüber und ich verstand anfangs nicht warum. Doch der Fahrprüfer klärte uns schnell und gnadenlos auf. Er zeigte auf die Sitzenden der anderen Reihe und sagte, dass sie noch einmal wiederkommen müssten. Uns gratulierte er und streckte mir den kleinen grauen Lappen zu. Ich war am Ziel meiner Träume. Die Flory in Orange und ich wurden endlich vom elterlichen Hof freigelassen. Man plötzlich verspürte ich den Fahrtwind im Haar und wusste was Freiheit bedeutete. Ich fühlte mich als Biker und das damals alles noch ohne Helm. Meine Fahrradfahrenden Kumpels beneideten mich und ich genoss das Lob von jeder Seite. Jetzt war ich als Schüler natürlich immer bankrott und um das Mofa fahren zu können benötigte man einen vollen Tank. Die Tankstelle auf unserer Straße hatte schon den vollautomatischen Tankautomat. Münze an der Kasse kaufen, einwerfen und einen halben Liter tanken dürfen. Wir warteten mit Argusaugen auf jeden kleinsten Fehler der Zweitaktfahrer. Nach jedem Tankvorgang solcher Fehlerverursacher, fuhren wir an die Zapfsäule und entleerten den noch vollen Schlauch in unseren Tanks. Die meisten haben den Schlauch nicht entleert und den Sprit dort drin gelassen. Besser noch war aber die nächste Tankstelle zur Innenstadt. Der Tankwart hatte noch die Benzinzapfanlage zum Pumpen. Man pumpte den Sprit bis zum Überlauf in die gläserne Anzeige und ließ dann den Sprit in seinem Tank. Der Tankwart immer beschäftigt kam dann dazu, las den Verbrauch ab und kassierte das Geld. Wir warteten, bis er wieder in seine Werkstatt verschwunden war. Pumpten den Sprit in die Glasanzeige und ließen dabei schon den Tank volllaufen. Machten dies so geschickt, dass wir zum Schluss bei der Markierung von einem halben Liter stehen blieben. Riefen den Tankwart, bezahlten die siebzig Pfennig und hatten für eine Woche Benzin im Tank.

Die Mofazeit war für die meisten Fünfzehnjährigen der Schritt über die Grenze vom Kind zum Erwachsenwerden. Bei mir nicht. Untergewichtig und dazu jünger aussehend, wurde ich jeden Tag von der Streifenpolizei angehalten. Sie glaubten vor der Kontrolle mein Alter von fünfzehn Lenzen nicht. Meine älteren

Schulkameraden nahmen mich in ihrer Mofaclique auf. Natürlich beneideten sie mich wegen der Flory, denn sie fuhren beide französische Modelle. Jetzt hieß es beim Opa im Keller auf der Werkbank erst einmal den Zylinder bearbeiten. Die Ein- und Ausläufe wurden aufgebohrt und entgratet. Danach musste der bearbeitete Zylinder noch über den Kolben gezogen und dabei die Kolbenringe vorsichtig in die vorgefertigte Nut gedrückt werden. Bei der ersten Testfahrt merkte ich sofort den besseren Durchzug. Das Tachometer blieb bei fünfzig statt wie vorher bei dreißig Stundenkilometer stehen. Meine Flory zauberte mir ein Lächeln ins Gesicht. Natürlich hatten meine Großeltern ein Telefon und darüber wussten meine Eltern schon über meine Frisierkünste vor meinem Eintreffen zu Hause Bescheid. Einen Tag später hatte ich für zwanzig Mark, über einen Kumpel, einen anderen originalen Zylinder gekauft und sollte diesen wieder auf mein Mofa montieren. Gesagt und nicht getan, ich fuhr erst einmal wie alle anderen weiter etwas schneller als erlaubt durch die Siedlungen.

Fußball spielten wir nur noch selten auf unserem Bolzplatz und die Grünweißen verließ ich auch, nur um mich dem Innenstadtverein anzuschließen. Einige meiner Mofafreunde spielten auch dort und ich hielt den Wechsel des Vereins für eine gute Sache. An den Wochenenden schauten wir Videofilme und zu den Blauen gingen wir nur noch selten. Umsonst reinschleichen ging irgendwie nicht mehr und durch die enge dreieckige Öffnung im Zaun zur Tribüne passten wir auch nicht mehr durch. Meine Kindheit ging dem Ende zu und die Pubertät klopfte etwas verspätet bei mir an. Der Bergbau mit der Kokerei und das erdölverarbeitende Unternehmen in unserem Stadtteil oder besser gesagt neben unserem Stadtteil boomten. Beide qualmten weiterhin um die Wette und verursachten künstliche Wolken die die Sonne verdeckten. Meistens hatten wir ja Westwind und deshalb rochen wir auch oft die einzelnen Erdölkomponenten, die aus dem Westen vom Wind in unsere Nasen geblasen wurde. Der Rauch und manchmal auch der Geruch gehörten einfach zu unserer Siedlung wie der graue Staub auf den Fensterrahmen der Zechenhäuser. Wir fühlten uns trotzdem wohl und genossen das Leben als Teenager. In der Schule musste ich jetzt richtig Gas geben, denn mit dem nächsten Zeugnis musste ich mich um eine Lehrstelle bewerben. Zu Hause plante mein Vater eigentlich mit mir in seiner kleinen Firma, doch ich hatte andere Pläne. Mein erstes Bewerbungsschreiben adressierte ich an die Zeche und bewarb mich dort als Schlosser. Ich überlegte noch bei welchen Unternehmen ich weitere Bewerbungsschreiben abgeben sollte. Insgesamt waren es, dann fünf Bewerbungen, die ich am Laufen hatte. Ein Unternehmen mit Sitz direkt neben meinem neuen Fußballverein schickte seine Leute oft nach Saudi-Arabien. Die Arbeiter wickelten ihre Aufträge dort ab und kamen mit Taschen voller Geld wieder in die Heimat zurück. Ich wollte auch die Taschen voller Geld haben, doch zu meiner Enttäuschung bildete das Unternehmen keine Lehrlinge aus. In ihrem Schreiben trösteten sie mich, indem sie schrieben, ich sollte mich nach bestandener Gesellenprüfung noch einmal bei denen bewerben. Bei den anderen vier Firmen wurde ich zu den Eignungstests eingeladen.

Meine älteren Freunde fuhren mittlerweile mit den neu auf den Markt herausgebrachten Leichtkrafträder herum. Achtziger wurden die Zweiräder kurz und bündig genannt. Der Unterschied zum Moped das fünfzig Kubikzentimeter Hubraum hatte, war der, dass das Leichtkraftrad achtzig Kubik besaß. Das Problem, der Fahrer musste in Besitz des gerade neu eingeführten Führerscheins der Klasse eins B sein. Ich verkaufte ohne Wissen meiner Eltern meine Flory für fünfhundertfünfzig Mark an Thommy und meldete mich in der Fahrschule an. Zu Hause war danach ein Riesentheater, doch das Geld für die Mofa hatte ich mir verdient und so konnte ich, damit machen was ich wollte. Meine Eltern waren nicht begeistert, konnten mich aber nicht abhalten den Führerschein zu machen. Ich musste unbedingt beim ersten Durchlauf die

Prüfung bestehen, denn für einen zweiten Versuch fehlte mir die Knete. Meine Mutter gab mir aber in den Wochen vor der Führerscheinprüfung immer wieder zu verstehen, dass für mich eine Achtziger nicht infrage käme. Ich blieb trotzdem dabei und schaffte die Prüfung noch vor meinem sechzehnten Lebensjahr. Im Radio lief jeden Tag der Hit Do you realy want to hurt me und so fühlte ich mich auch zu dieser Zeit oder war es nur meine Entwicklung? Mein Schulzeugnis war dann ganz gut und ich stand vor der letzten Klasse. Nur noch ein Jahr und dann durfte ich endlich eigenes Geld verdienen.

Wir wohnten auf der Hauptstraße genau an den Bahnschranken. Die Schranken schlossen sich seit neustem voll automatisch alle fünfzehn Minuten und versperrten den Autos die Weiterfahrt. Der mit Kohle beladene Zug donnerte zum Kraftwerk und wurde dort den schwarzen Brennstoff los. Da wir im zweiten Haus neben den Zuggleisen wohnten, spielte sich bei uns viermal die Stunde von morgens sieben bis abends um zehn tagtäglich die gleiche Zeremonie ab. Der Zug mit seinen unzählbaren mit Kohle gefüllten Wagons ratterte von weitem leicht hörbar an. Der Fußboden unseres Hauses begann leicht zu vibrieren. Als die Diesellok dann näherkam, tanzten die Wände mit dem Fußboden um die Wette. Die Tassen und Teller gaben kleine klirrende Geräusche von sich. Die begonnenen Unterhaltungen wurden im Wohnzimmer nun etwas lauter geführt. Erst als der Zug die Höhe unseres Hauses erreichte, war eine Unterhaltung nicht mehr möglich. Die Schränke wackelten und das Porzellan schien zu zerbrechen. Die Holzbohlen übertrugen ihre Vibration in unsere Beine und die Wände drohten einzustürzen. Nach zwei Minuten war der Spuk für eine Viertelstunde vorbei, bevor das Spiel von neuem losging. Die Miete für das Haus war auch dementsprechend angepasst. Das Außergewöhnliche daran war, dass wir nach einigen Wochen so an den Ablauf gewöhnt waren, dass wir den vorbeifahrenden Zug nicht mehr registrierten.

Das Haus, in dem wir zur Miete lebten, war eigentlich weiß gestrichen. Doch die Luft des Ruhrgebietes machte auch unsere Fassade schnell grau. Eigentlich genauso wie bei allen anderen Häusern. Doch das Haus, in dem wir wohnten unterschied sich von den anderen Häusern unseres Stadtteils. Wir hatten genauso wie alle anderen damals Holzfenster mit einer dünnen Einfachverglasung. Der Wind fegte durch die undichten Fenster wie es ihm beliebte. Der Wohnraum wurde mit einem Ölofen in der

Küche beheizt und sorgte dafür, dass es unterschiedlich warm oder kalt in den Räumen war. Doch unser Hausdach war kein mit Dachpfannen bedecktes Spitzdach, unsere Hütte hatte ein mit Teerpappe beschichtetes Flachdach. Das Haus war so schlecht isoliert, dass wir im Winter nie Schnee auf dem Dach liegen hatten. Zudem kam noch dazu, dass das Dach oft undicht war. Zuerst wurde eine moderne Erdgasheizung von uns eingebaut und so konnte jedes Zimmer über einen eigenen Heizkörper aufgewärmt werden. Sensationell modern damals, als die meisten noch mit einem Kohleofen ihre Zechenhäuser beheizten. Die undichten Flügelfenster, die man durch festes Klopfen von außen öffnen konnte, waren als Nächstes dran. Braune Holzfenster mit Thermopendoppelverglasung wurden montiert und die Zugluft blieb in Zukunft draußen. Die braunen Fensterrahmen verhinderten den optischen Graustich der sich über die Luft überall verbreitete. Zum Schluss bauten wir Holzdecken mit dicker Isolierung in jedem Zimmer und siehe da, im nächsten Winter blieb auch bei uns der Schnee auf dem Dach liegen. Früher war es nun mal so. Heutzutage unvorstellbar wie einfach und primitiv die Menschen in ihren Häusern wohnten. Doch damals kannten die Leute nichts anderes und lebten mit dem, was sie bekamen.

Mein Freund Krümel, mittlerweile auch fünfzehn Jahre alt und Mofafahrer. Mit seinem Mofa haute er richtig einen raus. Das italienische Crossmodell mit der Viergang-Fußschaltung war der absolute Hammer. Das Teil sah aus wie ein Moped. Krümels Mofa sollte mir den Weg zu meiner Achtziger ebnen. Ich fuhr mit dem geliehenen Mofa bei uns auf dem Hof, mein

Kumpel Hühni mit seiner Achtziger hielt neben mir. Die beiden Zweiräder hatten die gleiche Größe und mein Vater begrüßte uns. Dabei sah er sich die Maschinen an und schimpfte mit mir. Ich durfte ja mit meinen fünfzehn Jahren noch kein Moped fahren. Er hatte wirklich gedacht, ich fuhr mit einer Achtziger herum. Einige Tage später redeten wir noch einmal über das Thema Leichtkraftrad. Ich wies meinen Vater darauf hin, dass Krümels Crossmofa die gleichen Maße wie Hühnis Achtziger hatte. Samstags legte meine Mutter mir dann plötzlich die Tageszeitung mit den Anzeigenmarkt vor die Nase. Früher war der Anzeigemarkt in der Tageszeitung sehr wichtig, denn Internet war damals noch Science-Fiction. Der Automarkt und der Immobilienteil waren über mehrere Seiten stark und besaßen große Beliebtheit bei den Lesern und Suchenden. Normalerweise bekam ich immer den Sportteil von meinen Eltern zugesteckt, doch an diesem Samstagmorgen war es anders. Meine Mutter zeigte auf eine Anzeige in der Rubrik Mopeds und Motorräder. Ich las den aufgegebenen Teil, der eine Achtziger einer japanischen Marke, mit über neun Pferdestärken beschrieb. Das Teil hatte der Vorbesitzer bei einem Preisausschreiben gewonnen und konnte mit dem neuen Krad nichts anfangen. Tausend Mark unter Neupreis lag der veranschlagte Teil. Meine Augen begannen zu glänzen. Mein Herz raste und ich bekam das Lächeln nicht mehr aus dem Gesicht. Einen Tag später fuhren wir nach dem Telefongespräch mit dem Besitzer dieses Leichtkraftrades in die verbotene Stadt der Schwarzgelben. Dort stand das Objekt meiner Begierde dann vor der Haustür der angegebenen Adresse. Die weiße Lackierung glänzte im Tageslicht mit mir um die Wette.

Die Testfahrt fiel für mich mit meinen fünfzehn Jahren aber aus und so fuhr mein Vater mein neu erworbenes Gefährt nach Hause. Ich konnte mein Glück kaum glauben und erzählte am Montag in der Schule jeden Bekannten von meinem neuen Besitz. Ich konnte kaum meinen sechzehnten Geburtstag abwarten.

In der Zwischenzeit trudelte Post für mich in unseren Briefkasten. Die Zeche lud mich zum Eignungstest ein. Ich wusste gar nicht was mich dort erwartet und fuhr mit dem Fahrrad unvoreingenommen und völlig ahnungslos in die Ausbildungsstätte der Ruhrkohle Aktiengesellschaft. Die Fragen des schriftlichen Tests waren leicht und stellten von meinem Gefühl kein Problem für mich da. Meine Kumpels Ötte und Tino waren auch da, obwohl Öttes Vater damals als Bergmann unter Tage sein Leben ließ und ihm damit ein Recht auf einen

Ausbildungsplatz von der Zeche zugeteilt wurde. Unter anderem wurde dort auch ein Test zum Erkennen von Farben gemacht. Der Ausbilder hatte mehrere farblich unterschiedliche Stromkabel in der Hand und fragte jeden nach den Farben der hintereinander aufgezeigten Kabel. Einem Bewerber zeigte er die Kabel und dieser leierte nicht so schnell die Farberkennung herunter wie wir anderen. Bei der Farbe Blau überlegte er lang und der Ausbilder wurde schon unruhig. Grün kam dann seine Antwort. Wir alle sahen das blaue Kabel in der Hand des Lehrlingsmeisters und wunderten uns über die Antwort. Es wurde totenstill in dem Raum und alle warteten gespannt auf das nächste Ergebnis. Bei Braun sagte er Rot und bei Gelbgrün auch etwas anderes. Der Kerl war farbenblind und wusste es vor dem Test gar nicht. Der

Lehrplatz war somit für ihn unerreichbar geworden.

Auf unserem Garagenhof hinter dem Haus fuhr ich meine Achtziger bis zum Bürgersteig tagtäglich. Den Führerschein hatte ich ja schon bestanden, doch ich musste bis zu meinem sechzehnjährigen Geburtstag ungeduldig warten. Trotzdem störte mich etwas an dem Krad. Es hörte sich für meine Ohren zu leise und zu ruhig an. Noch bevor ich überhaupt mit meinem Zweirad auf die Straße durfte, verbesserte ich den Klang meiner Maschine ein wenig. Der Endschalldämpfer, ein langes Rohr und ab der Hälfte seiner Länge mit Löchern versehen, war nicht genietet, sondern nur mit einer Schraube am Auspuff befestigt. Schnell war der Schraubendreher zur Hand und das Rohr in meinem Schraubstock eingespannt. Die Eisensäge unter meiner Führung erledigte den Rest. Bis zur Hälfte gekürzt, montierte ich den Schalldämpfer wieder an seinen Platz im Auspuff. Als ich mein Moped dann anließ, lächelte nicht nur ich, auch meine Ohren waren begeistert von dem, wie das Krad jetzt mit mir sprach. Als der von mir herbei gesehnte Tag dann kam, durfte ich das Krad endlich von der Koppel lassen. Mit der Flory fühlte ich mich schon frei, doch das Gefühl mit der Achtziger war unbeschreiblich. Hundert Stundenkilometer schnell war mein Gefährt und diese fuhr ich sofort auf der Schnellstraße aus. Ich hielt erst an, als das große Chemiewerk in der Nachbarstadt hinter mir lag, drehte um und fuhr zurück nach Hause.

Einige Wochen später war ich wieder auf der gleichen Strecke, doch dieses Mal, um dort in der chemischen Fabrik den Einstellungstest hinter mich zu bringen. Ich ahnte damals nicht, dass ich die Strecke in Zukunft öfter befahren werde. Ich schloss die zehnte Klasse vierundachtzig mit der Fachoberschulreife ab und hatte gerade meinen Ausbildungsvertrag unterschrieben. Bei der Ruhrkohle hatte ich, genauso wie bei dem erdölverarbeitenden Unternehmen einen ordentlichen Eindruck hinterlassen. Ich bestand auch bei allen Firmen die ärztlichen Vorsorgeuntersuchungen und bekam die Lehrverträge mit der Post zugeschickt. Ich unterschrieb nicht, wie eigentlich vorgesehen bei der Zeche, sondern schloss mich dem chemischen Unternehmen in der Nachbarstadt an. Ich fühlte mich mit meiner Lehrstelle privilegierter als alle meine Kumpels von der Zeche. Jetzt kann ich sagen, die Unterzeichnung des Ausbildungsvertrages war mein erster Schritt von mehreren die Siedlung endgültig zu verlassen. Aber soweit war es ja noch nicht.

Auch an uns Jugendlichen im Pott ging die moderne Zeit nicht unbemerkt vorbei. Es bildeten sich Gruppierungen. Plötzlich gab es die Popper, die Punks, Skinheads und viele mehr. Ich schloss mich damals der Gruppe des New Wave an. Wafer trugen meist Klamotten in Schwarz und hörten Independent Musik. Edelpunks wurden sie auch von manch anderen genannt. Meine Entscheidung mich nach meinem Kumpel Krümel dieser Gruppe anzuschließen brachte mir jede Menge Ärger zu Hause ein. Ich hörte nur noch die Musik von Billy Idol, The Cure, sisters of mercy oder Depeche Mode und einige mehr. Es waren auch unbekannte Gruppen mit tollen Songs dabei. Meine Stereoanlage lief zu der Zeit eigentlich immer. Wir gingen mehrmals die Woche in die Innenstadt und durchstöberten den Plattenladen. Genauso erging es uns beim Klamotten kaufen.

Unsere exquisite Bekleidung kauften wir in den drei Läden eines Besitzers. Ein Laden gab es bei uns in der Innenstadt, einen in der Südstadt und der letzte in der Nachbarstadt. Nur dort orderten wir plötzlich unsere Klamotten. Jetzt war es aber aus Geldmangel so, dass wir oft dort waren, aber fast genauso oft mit leeren Händen den Laden wieder verließen. Zu Hause fing der Krach aber erst an, als ich meinen Eltern meinen neuen Haarschnitt präsentierte. Es kam so. Die Kumpels in der neuen Gruppe hatten alle extravagante Frisuren. Ich entschied mich anfangs für einen Flat, dass hieß, Haupthaar von hinten kurz nach vorne länger werdend. Die Seiten und der Hinterkopf kahl rasiert. So gingen wir Jugendlichen damals zum Feiern. Getroffen wurde sich tagsüber meist in der Innenstadt und dann ging es in den Pub namens Flughafen. An den Wochenenden bebte der Pott. Jeder der etwas auf sich hielt kam zum Feiern in die Innenstadt. Dort wurde unser Stammlokal die Disco mit dem Namen eines New Yorker Stadtteils. Krümel und ich fuhren mit unseren Achtzigern dort vor. Bezahlten die fünf Mark Eintritt, wobei ein Long Drink im Preis inbegriffen war und gaben unsere Helme an der Kasse ab. Die Haare wurden mir dann in der Damentoilette von den Mädchen aus unserer Gruppe frisiert. Zuerst feierten wir nur freitags und samstags. Später kam der Sonntag und noch viel später der Donnerstag dazu. Jede Disco hatte an einen der Tage etwas Besonderes zu bieten. Bierparty oder Asbachparty nannten sie ihre Zelebrationen. Uns war es egal, das Revier feierte und wir mit. Dann öffnete eine kleine Disco ein paar hundert Meter die kopfsteingepflasterte mit Straßenbahnschienen verlegte Hauptstraße weiter von unserem Stammlokal am Mittwoch ihre Pforten. Nun feierten wir fünf Tage die Woche und gingen jeden Morgen übermüdet in die Lehrwerkstatt. Die Älteren hatten schon Autos und nahmen uns dann in die angesagtesten Lokalitäten des Ruhrgebietes und des Münsterlandes mit. Wir kamen nun aus unserer Siedlung heraus und lernten andere Städte im Revier kennen.

Krümel rief mich an einem Nachmittag über unser Haustelefon an. Smartphones gab es damals noch nicht. Wir haben früher in Telefonzellen Ortsgespräche für zwanzig Pfennig geführt. Es hatte am Morgen geregnet. Jetzt am Nachmittag waren die Teerdecken der Straßen aber abgetrocknet. Ich also raus aus der Haustür, den schwarzen Helm über meinem Kopf gestülpt und auf meine Achtziger. Eine Minute später bog ich von der Hauptstraße unseres

Stadtteils in die Nebenstraße, in der Krümel mit seiner Familie lebte ab. Von der schmalen Straße fand das Krad, ohne anzuhalten seinen Weg über den Gehweg zu der Vorderwiese des vier Familien Zechenhauses. Erst als ich die Bremsen betätigte, bemerkte ich den noch nassen Rasen und im selben Augenblick rutschte das Vorderrad nach links weg und ich mit meinem Leichtkraftrad in den abgrenzenden Vorgartenzaun des Nachbarn. An der Türklingel zu schellen brauchte ich nicht mehr. Obwohl Bronski Beat gerade in etwas größerer Lautstärke ihren Hit tell me why aus den Boxen von Krümels Stereoanlage trillerten, hörte der bei offenem Fenster auf dem Klo hockende Kumpel mich mit meiner Achtziger spektakulär ankommen. Der nasse Rasen vor seiner Haustür und mein unsachgemäßer Fahrstil sorgten dafür, dass meine Cockpitverkleidung und ein Spiegel zu

Bruch gingen. Nach einem Jahr sah mein Bike deshalb schon etwas mitgenommen aus.

In der Südstadt öffnete damals der erste amerikanische Fastfood Laden. Es war nicht der mit dem gelben M, sondern das königliche Burger Schnellrestaurant. Es war angesagt die zwölf Kilometer abzurasen nur um einen Cheeseburger mit den Zähnen zerbeißen zu können. Es machte Spaß mit dem Krad am Abend dorthin zu fahren. Meist traf man dabei auf konkurrierende Leichtkraftfahrer und lieferte sich an der nächsten roten Ampel heiße Duelle. Wenn der Blitzer bei uns auf der Hauptstraße stand, ließen wir die Konkurrenz oft im Glauben uns geschlagen zu haben in die Blitzfalle fahren und freuten uns tierisch über deren Missgeschick. Mich selbst traf es aber auch und wie. An einem Morgen fuhr ich mit meinem Kumpel Ener zum

Straßenverkehrsamt. Er wollte sein neuerworbenes Motorrad dort anmelden. Ener fuhr also ohne Zulassung zur Zulassungsstelle. Ich vorneweg und Vollgas. Fünfzig Stundenkilometer waren erlaubt, mit vierundneunzig wurde ich geblitzt und von dem Polizisten auf den Parkplatz nahe dem Stadion der Blauen angehalten. Mein Kumpel hinter mir genauso schnell unterwegs wurde nicht geblitzt und konnte weiterfahren. Sechs Wochen später kam die Belohnung mit der Post. Weil ich noch nicht volljährig gewesen bin, war der Bescheid an meine Eltern adressiert. Vier Punkte wurden mir auf meinem Flensburger Konto gutgeschrieben und dazu wurde ich noch zu einer Spende von hundertachtzig Mark genötigt. Ne Menge Kohle damals. Das Beste kommt aber noch. Auf dem Rückweg von der Zulassungsstelle fuhren wir durch die Innenstadt nach Hause und dort war wegen einer Baustelle die Straße die wir benutzen wollten, gesperrt. Wir fuhren trotzdem durch und sahen ein paar Meter weiter die Kelle winken. Kennen wir uns nicht von heute Morgen war der Kommentar des Polizisten der mich anhielt. Es war der gleiche Staatsdiener der mich wegen der vierundneunzig Stundenkilometer angehalten hatte. Wieder spendete ich gerne zehn Mark für die Stadt und durfte dann weiterfahren.

In unserer Siedlung tat sich auch etwas. Die Wohnungsbaugesellschaft, die die Zechenhäuser vermietet, bot plötzlich den Mietern, meistens natürlich den Bergleuten die Häuser vereinzelt zum Kauf an. Jetzt wurde an dem einen und anderen Haus renoviert. Die meisten bauten sich zuerst eine Erdgasheizung und neue Fenster ein. Doch dies sah man von außen nicht. Durch die neuen Dachpfannen und den neuen

Anstrich der Fassade wurde das Grau der Siedlung langsam durch andere Farben verdrängt. Es war auf einmal bunter geworden. Auch der stinkende braune Rauch aus den Schornsteinen der Häuser wurde weniger und nun fielen die Häuser, die noch mit Kohle heizten durch ihren braunen Qualm direkt auf. Gerüchte gingen um, dass eine Zeche bei uns in der Stadt seine Pforten für immer schließen und die Räder des Förderturms sich nicht mehr drehen sollten. Keiner konnte daran glauben und wir steckten die Kommentare dazu in die Schublade der Scheißhausparolen. Seit über hundert Jahren waren wir eine Stadt, gegründet auf dem Bergbau und seinen Zechen. Ohne die Bergwerke gäbe es unsere Stadt gar nicht und den benachbarten Gemeinden ging es ähnlich. Die unerschöpfliche Kohle, unser schwarzes Gold baute die Republik nach dem Krieg wieder auf und niemand wollte sich den Pott mit geschlossenen Zechen vorstellen. Wie Unrecht wir damals alle hatten. Jetzt Jahrzehnte später kennen wir das ganze Ausmaß dieser damaligen ersten Gerüchte.

Wir Jugendlichen lebten trotzdem unser sorgenfreies Leben. Ein Kumpel aus unserer Siedlung war einige Jahre älter als wir und hatte an einem Freitag im Sommer seine Führerscheinprüfung. Bohne nannten wir ihn und er hatte schon seit Tagen einen alten türkisfarbenen Wagen mit den vier Ringen im Kühlergrill vor der Tür stehen. Bohne bestand irgendwie, was für mich unbegreiflich war die Prüfung und wurde unter die Autofahrer losgelassen. Bei seiner Jungfernfahrt saßen wir mit ihm im Wagen und nach etwa drei Minuten bei lauter Musik und offenen Fenstern kam es fast zum ersten Unfall. Der andere unbekannte Autofahrer stieg sauer aus seinem Wagen und fragte Bohne wie lange er überhaupt seinen Führerschein hätte. Eine Stunde war die ehrliche Antwort Bohnes und der andere Wagenführer fühlte sich von ihm verarscht und fuhr meckernd weiter. Mit Bohne und seinem Auto wurden uns weitere Türen in der Umgebung geöffnet. Der im Norden nahliegende Kanal lud bei sommerlichen Temperaturen zum Baden ein. Die letzten Meter zu unserer Stelle an der Binnenschifffahrtsstraße führten über einen asphaltierten kurvigen Feldweg. Rechts und links standen die Maiskolben in voller Pracht kurz davor abgeerntet zu werden. Bohne bei der lauten Musik von Status Quo mit ihren Hit what ever you want drückte seinen Fuß auf das Gaspedal. Die ersten beiden Kurven nahm er im Blindflug noch meisterhaft mit, bei der dritten Biegung ging es nur noch gerade aus. Die Blätter und Kolben der Maisstangen flogen durch die geöffneten

Autofenster und irgendwie fanden wir nach einiger Zeit zum Asphalt zurück. Dem Baden im Kanalgewässer stand nichts mehr im Wege.

Im gleichen Sommer kam es durch einen dummen Zufall dazu, dass wir uns nicht mehr an dem Spielplatz vor unserem Bolzplatz, sondern an der Hauptstraße vor der Apotheke trafen. Ener hatte mittlerweile eine eigene eineinhalb Zimmerwohnung und dort saßen wir und hörten gerade die Scorpions. Das Cover der Schallplatte mit dem Titel Lovedrive zeigte eine Frau mit entblößtem Busen im Auto sitzend, wären ein Mann neben ihr mit seiner Hand durch ein langgezogenes Kaugummi mit der rechten Brust von ihr verbunden war. Wir diskutierten gerade über das Plattencover als es schellte und Alfred in die Wohnung hochkam. Während er sich seiner Jacke entledigte erzählte er uns ganz nebenbei, dass er die beiden Mädchen Barb und Itschi auf der kleinen Mauer vor der Apotheke sitzen sah. Barb war eine ältere Freundin von mir, sie wohnte direkt neben meinen Großeltern und Itschi fand ich einfach toll. Alfred zog seine Jacke aus und ich meine an. Ich lief die Treppe hinunter, setzte meinen Helm auf und fuhr so schnell es ging zur Apotheke. Dort angekommen tat ich so als hätte der reinste Zufall mich zu den beiden Freundinnen geführt. Es dauerte auch nicht lang und die Platte der Scorpions war zu Ende und die Kumpels trafen auch rein zufällig bei der Apotheke ein. Über Wochen bis spät in den Abend hinein saßen wir dort und verbrachten unsere Zeit auf dem Mauersims. Wenn fremde Fahrer auf ihren Achtzigern vorbeifuhren, war es für uns die Aufforderung zu einem fahrerischen Duell. Wir jagten ihnen hinterher und an der

nächsten roten Ampel spielten wir am
Gashebel.

Es war die kalte Jahreszeit an einem
Freitagabend. Die Blauen hatten zu Hause
die roten Teufel aus der Pfalz als Gast
empfangen. Ich im Bus unterwegs zu
unserer Stammdisco. Steige am Busbahnhof
aus und wollte in die Straßenbahn
umsteigen. Ich weiß nicht mehr warum, nur
dass die Straßenbahn vor meiner Nase
wegfuhr. Ärgerlich überlegte ich kurz eine
halbe Stunde auf die nächste Bahn zu
warten oder die Strecke zu Fuß
zurückzulegen. Ich entschloss mich, die
halbe Stunde zu laufen und marschierte los.
An der Fußgängerzone vorbei, lag nun das
Kino vor mir. Dort wurde gerade umgebaut
und der Fußgängerweg gesperrt. Als
Ersatzmaßnahme wurde ein Tunnel aus Holz
und Plastikplane erschaffen. Ich setze also
gerade meine ersten Schritte in diesem

Baubereich, als mir etwa hundert Meter gegenüber, eine Horde von neun Leuten in Blau und Weiß entgegenlief. Mit lautstarken Gesängen beschlagnahmten sie den engen Durchgang offenbar für sich allein. Ich wusste von der ersten Sekunde an, meine Begegnung mit den Fans in Blau würde nicht gut ausgehen. Einen kurzen Augenblick später waren wir dann auf gleicher Höhe. Doch Platz hat von denen für mich keiner gemacht. Im Gegenteil, provozierend versperrten sie mir den Weg und lästerten über den Psycho. Wie dumm die doch waren. Kannten noch nicht einmal den Unterschied zwischen den Psychos und einem New-Waver. Im gebrochenen deutsch lästerten sie weiter und schubsten mich zur Seite. Hätte ich das alles so hingenommen, wäre die Horde wohl pöbelnd an mir vorbeigelaufen. Doch ich lasse mich nicht einfach ohne Grund schupsen und gab einen passenden Kommentar ab. Danach hagelte es ein paar Fausthiebe, die ich wenig elegant einsteckte und über mich ergehen lassen musste. Die Kerle waren zu neunt und deshalb war für mich die beste Alternative, mich nicht zu wehren. Irgendwann, nach fünf oder sechs Schlägen, verloren die Anhänger der Blauen das Interesse mich noch weiter zu bearbeiten und gingen ihres Weges. Auch ich durfte dann mit blutiger Nase und Lippe weiter zu meiner Lokalität gehen. Auf der Damentoilette wurde mir dann von den Mädchen das blutige Gesicht abgewaschen. Welch himmlischer Trost an diesem Abend.

Bisher kannte ich nur das Stadion der Blauen als wirklich großen Fußballtempel. Doch meine Achtziger ermöglichte mir nun in den Nachbarstädten die Auswärtsspiele meiner Domstädter live mitzuerleben. Zu den kleinen Blauen und zu den Gelbschwarzen fuhr mich mein Bike. Ich war von diesen beiden Arenen begeistert. Als reine Fußballstadien, war der Zuschauer dort viel näher am Geschehen und die Stimmung wesentlich besser als im Rund des Leichtathletikstadions der Blauen. Da ich damals direkt an den Eingängen parkte, war ich nach Spielschluss in zwanzig Minuten wieder rechtzeitig zur Sportschau zu Hause. Ja, so ist es nun mal im Pott. Ein Derby ist hier ein wirkliches Nachbarschaftsduell und nicht wie im Rest der Republik (außer die Domstädter gegen die Pillenfresser) hundertfünfzig Kilometer entfernt.

Das erste Lehrjahr verging im Fluge und mein achtzehnjähriger Geburtstag stand in einigen Wochen bevor. Wir hatten August, die Sonne schien seit Tagen und bescherte uns allen gute Laune. In den Gärten unserer Siedlung wurde geerntet. Egal ob es die Kartoffeln, die Möhren oder Radieschen und die Zwiebeln waren, das selbst eingepflanzte Gemüse schmeckte noch am besten. Heute ernten wir auch noch. Aber nicht mehr im eigenen Garten, sondern aus der Tüte des Supermarktes. Bei meiner Tante Traudel standen zwei Sauerkirschbäume die jedes Jahr mit knallroten Kirschen behangen waren. Es war Tradition, dass die Nachbarn die reifen Kirschen mitpflückten, einkochten und eine leckere Marmelade daraus herstellten. Auch aufgesetzter Schnaps wurde aus den Kirschen hergestellt. Aber in den letzten Jahren halfen aus der Nachbarschaft immer weniger Bekannte bei der Ernte mit und so entschied meine Tante den hinteren Baum im Herbst zu fällen. Gedacht und getan. Im September stand nur noch der vordere Kirschbaum vor der Haustür. Doch wie das Leben so spielt, Sauerkirschen wurden bei ihr nie mehr gepflügt, denn im darauffolgenden Jahr schlug bei einem Gewitter der Blitz in den letzten Baum und spaltete ihn. Danach stand kein Baum mehr im Vorgarten meiner Tante und die Marmelade musste im Supermarkt gekauft werden.

Im gleichen Monat wie die Kirschernte meldete ich mich in der Fahrschule für die Führerscheine der Klassen eins und drei an. Der Fahrlehrer begrüßte mich als alten Kunden und sprach davon, dass ich in drei Wochen den grauen Lappen mein Nennen könnte. Ich war siebzehn und das hat er wohl übersehen. Früher durfte der Führerschein der Klasse drei und eins erst mit achtzehn gemacht werden. Ich kratzte meine Ersparnisse zusammen, lieh mir noch bei meinen Eltern einen kleinen Teil und der rote Ascona mit dem Blitz im Kühlergrill stand auf dem Hof. Jetzt war wieder Warten angesagt. Ungeduldig baute ich schon mal die zwei vierzig Watt Aufbauboxen in die

Hutablage ein. Dazu ein Verstärker in der Mittelkonsole und die Musik konnte aufgedreht werden. Spätestens jetzt mit Bestehen des Führerscheins und dem eigenen Auto wurden die Grenzen unseres Einzugsgebietes versetzt. Das Revier gehörte nun uns. In der Zwischenzeit wurde aus dem Quartett der Kumpels ein Duett. Ötte und Tino erlernten den Beruf des Bergmannes und sind uns irgendwie von der Stange gegangen. Krümel machte seine Ausbildung in dem erdölverarbeitenden Unternehmen und ich eben in der Chemie. Krümel und ich waren nun als Duo unterwegs. Doch auch diese Zweisamkeit hielt nicht mehr allzu lange. Krümel verbrachte nun lieber mehr Zeit bei seiner neuen Freundin und auch ich lernte in unserem Stammlokal meine Freundin kennen. Passend für das Ruhrgebiet erlernte sie den Beruf der Frisörin. Von da an durfte sie meinen

Irokesen Haarschnitt bearbeiten und ich sparte mir das Geld bei meinem schwulen Frisör. Es ist schon komisch, Haare schneiden konnte er wie kein anderer. Die Schere lag fix in seinen Händen und er zauberte jedem seine Wunschfrisur hin. Doch die ersten beiden Gesellenprüfungen verhaute er in den theoretischen Klausuren und durfte sich nicht Frisör nennen.

Mit meiner neuen Freundin durfte ich mir dann meinen Traum erfüllen. Sie kam aus dem südlichen Stadtteil, nahe der Grenze zur rotweißen Nachbarstadt. Ihre Siedlung unterschied sich von meinem zuhause. Dieser Stadtteil war von dreistöckigen Altbauten geprägt und ein solches Haus bewohnte sie auch mit ihren Eltern. Im Gegensatz zu unserer Zechensiedlung gab es dort keine Gärten. Hinterhöfe wie in Berlin-Kreuzberg zierten das Bild ihrer Siedlung im Schatten des Förderturms der dort ansässigen Zeche. Beide standen wir kurz vor dem Beginn unseres zweiten Lehrjahres und der gemeinsame Sommerurlaub stand bevor. Im Stadtzentrum betraten wir das Reisebüro und wenig später stand die Urlaubsdestination fest. Endlich durfte ich meine Sehnsucht befriedigen und Spanien besuchen. Die Costa del Sol im Süden der iberischen Halbinsel sollte unser Ziel werden. Mit dem Reisepass und der Unterschrift unserer Eltern durften wir zwei siebzehnjährigen Ruhrgebietskinder zum ersten Mal die weite Welt erobern. Zwei Wochen bei Sangria und Flamenco den abendlichen Sonnenuntergang genießen können. Als der Flieger in Almeria landete und wir am Kofferband standen, warteten wir vergebens auf ihren Koffer. Ein wenig desorientiert sahen wir diesen dann bei einem der Zöllner stehen, der schon auf den Besitzer des roten Kunstlederkoffers wartete. Gemeinsam unter den wachsamen Augen des spanischen Beamten öffneten wir ihren Koffer und der Zöllner durchwühlte diesen, ohne fündig geworden zu sein. Mit Verspätung ging es dann in den vollen mit anderen Touristen besetzten Bus. Da die Businsassen wohl schon länger auf uns warten mussten, gab es bei unserem Einstieg die ersten bösen Blicke. Wir wollten uns aber nicht die Urlaubslaune verderben lassen und ignorierten die anderen Mitreisenden. Das Hotel, ein drei Sterne Bunker roch nach billigem Putzmittel. Die gebuchte Halbpension nutzten wir nach einer Woche auch nicht mehr, denn es gab jeden Abend das gleiche Abendbuffet. So ging unser Taschengeld für das nahestehende Restaurant in Strandnähe drauf. Dort war das Essen dann am Abend auswahlreicher und schmeckte besser. Nur wurden wir dort, an der frischen spanischen

Luft von Fliegen bombardiert. Die Sangria schmeckte zwar, aber ich bemerkte schnell, dass der Flamenco nichts für mich war. Im Gegenteil diese spanische Volksmusik verursachte bei mir Ohrenschmerzen. Das Bett in unserem Zimmer quietschte bei jeder Bewegung und die Nachbarn hörten so jeden Abend unser Liebesspiel durch das Geräusch der Metallfedern des Bettrostes. Der Strand war grau und nicht wie von mir gedacht von weißem Sand, also passend zu uns zwei Kinder aus dem Kohlenpott. Palmen musste ich auch suchen und das Mittelmeer hatte keine wirklich warmen Temperaturen. Die Realität bewirkte, dass ich von Spanien ausgeträumt habe. Zumindest sind wir beiden aschgrauen Kinder aus dem Pott braungebrannt in unser Ruhrgebiet heimgekehrt.

Einige Wochen nach meinem Geburtstag, der mir nun öffentlich erlaubte Alkohol zu kaufen, verstarb ein Mieter im Nachbarhaus. Es war das Haus direkt neben den Bahngleisen der Kohlezüge. Nach der Renovierung bezog ich die zweieinhalb Zimmer Dachgeschosswohnung. Hier wackelten die Schränke und Wände noch ein wenig mehr als in meinem Elternhaus. Meine Kumpels zu Besuch glaubten zuerst an ein Erdbeben und wunderten sich über meine Gelassenheit. Ohne Telefon und Waschmaschine lebte ich dort meine ersten eigenständigen Jahre. Zum Telefonieren und für die Wäsche stand dann immer der Gang in mein Elternhaus zu meiner Mutter an. So ließ es sich gut leben.

Krümel und ich, vom Kindesalter zusammen, jedes Schuljahr nebeneinandergesessen, gingen jetzt getrennte Wege. Wir trafen uns trotzdem immer noch in den von uns besuchten Lokalitäten. Ab und zu gingen wir noch gemeinsam freitagabends aus, doch dies wurde auch immer weniger. Wir wurden ganz langsam erwachsen und das Unfassbare geschah. Im Süden der Stadt schloss die erste Zeche für immer ihre Pforten. Der Freund, der jüngsten Schwester meiner Freundin arbeitet dort als Bergmann unter Tage. Jerry wurde in dem Bergwerk nahe unserer Siedlung wie alle anderen nicht im Rentenalter befindlichen Bergmänner versetzt. Dies war der Anfang vom langen Ende der Ruhrkohle. Auch die Kokerei vor unserer Nase machte dicht und plötzlich rauchte es vom Osten her nicht mehr über unsere Heimat. Der Pott begann sich nach über hundert Jahren zu verändern.

Krümel und ich liebten die Musik von Billy Idol. Der blonde Edelpunk begleitete uns mit seinen Songs schon einige Jahre. Jetzt endlich war es soweit und in der Nachbarstadt der Rotweißen, in deren Halle, sollte ein Konzert mit unserem Idol stattfinden. Wir als junge Wilde besorgten uns die Eintrittskarten und fieberten den Tag des Konzerts entgegen. Mein Kumpel Rolf, aus der Lehrwerkstatt, der neben mir einen Schraubstockplatz besetzte, sollte uns mit seinem Auto abholen. Rolf war auch pünktlich und gutgelaunt. Auf die Frage nach einer Flasche Bier nickten alle Anwesenden. Ich dachte noch, naja, eine Flasche kann er als Fahrer ja trinken, ohne seine Fahrtüchtigkeit zu verlieren. Also bei mir zu Hause ne Pulle Bier auf und noch ne Zweite hinterher. Als wir dann zu viert in sein Auto stiegen, wartete dort schon eine Kiste Bier auf uns. Ohne nachzudenken hatten wir alle die nächsten Flaschen in der Hand und stimmten uns mit den Songs von Billy Idol ein. Auf dem Weg näherten wir uns einem Bahnübergang und dessen Schranken begannen sich zu senken. Als ich bemerkte, dass unser Fahrer keine Anstalten machte zu bremsen, wies ich ihn daraufhin, dass sich die Bahnschranken nach unten bewegten. Nicht für mich war sein Kommentar und raste noch knapp unten durch. Plötzlich schmeckte mir das Bier nicht mehr und ich sang auch die Lieder, die aus dem Boxen lautstark dröhnten, nicht mehr mit. Wir stiegen vor der Konzerthalle aus und die Kiste Bier war leer. An der Tanke noch Nachschub in Dosen besorgen und reinschmuggeln. Hat bei Krümel und mir geklappt, bei den anderen beiden nicht. Von der Vorgruppe bekam ich gar nichts mehr mit. Mir war schwindelig. Doch als der Star des Abends die Bühne betrat, stand ich in der ersten Reihe, war wieder voll dabei und sang jeden bekannten Song mit. Nachdem ich wieder lebendig zu Hause angekommen war, fuhr ich nie wieder als Beifahrer bei Rolf im Auto mit.

Ich lag in einer Sonntagnacht im Bett und träumte vor mir hin. Gegen halb zwei wurde ich durch ein Geräusch geweckt. Das Hämmern hörte sich an, als käme es aus unserem Wohnzimmer. Ich sofort aus dem Bett gesprungen und barfuß zu der Geräuschkulisse. Im dunklen Wohnzimmer knipste ich das Licht an und sah, wie ein Kerl das Rollo des Wohnzimmerfensters hochdrückte und ein anderer Typ mit einem Hammer immer wieder in die Scheibe haute. Die Einfachverglasung wäre sofort zersprungen, doch die Thermopendoppelverglasung hielt den ersten Schlägen stand. Als das Licht das Wohnzimmer hell erleuchtete, erkannten die Einbrecher das sie nicht mehr ungestört und allein waren. Sofort rannte ich zu meinem Bett, holte den unter dem Bett liegenden Baseballschläger hervor und öffnete die Haustür. Ich war etwas zu langsam. Zu dritt waren die Einbrecher gewesen und ich sah ihre Flucht nur noch von hinten. Ich rannte anfangs noch mit, doch barfuß mit nackten Fußsohlen war ich chancenlos, außerdem waren die in dreifacher Überzahl und mir dadurch hoch überlegen. Den Rest erklärte ich dem aufnehmenden Polizisten und der Hausratversicherung.

Einige Wochen später, ich sah am Tag aus dem gleichen neu verglasten Fenster und entdeckte zwei südländisch aussehende Männer die Radmuttern meines neuen Dreiers aus dem bayrischen Autounternehmen in München losdrehen. Mit einer Kopfbewegung gab einer, der beiden mir zu verstehen ich sollte abhauen. Wieder rannte ich wütend ins Schlafzimmer, nahm meinen Holzschläger in die rechte Hand und öffnete die Haustür. Die beiden Klauböcke waren nicht mehr vom Hof gekommen und sprangen über den Gartenzaun und danach kletterten sie über die Mauer, um auf dem Gleisbett der Kohlezüge zu fliehen. Wieder sah ich sie nur von hinten. Nicht nur das Ruhrgebiet, auch unsere Siedlung wandelte sich und nicht jede Veränderung war gut. Ich war an einem Punkt angekommen, wo ich zum ersten Mal überlegte meine Heimat zu verlassen.

Die Achtziger gingen dem Ende zu. Die Gesellenprüfung hatte ich erfolgreich hinter mir gelassen und arbeitete nun im Schichtdienst in der chemischen Industrie. Das neue Jahrzehnt fing sehr gut an. Neunzehnhundertneunzig wurden wir Fußballweltmeister und wir feierten wie die Verrückten. Der Pott kochte vor Freude. In der Südstadt an einer großen Kreuzung sammelten sich die feiernden Fußballfans zu Hunderten. Kein Auto kam mehr über die sich kreuzenden Straßen. Aus den Kehlen der glücklichen Fans schmetterten wir die Nationalhymne immer wieder rauf und runter. Wir waren Weltmeister, endlich holten wir im Pott einen Titel. Zwar mit dem Rest aller Deutschen, aber das war uns egal.

Meine Großeltern starben in der Zeit. Nun hatte ich keine Oma und keinen Opa mehr. In dem Zechenhaus, dass die beiden bewohnten und in dem ich mit aufgewachsen war, wohnten jetzt andere für mich fremde Leute. Ich konnte nicht mehr so einfach durch das Gartentor die Hintertür öffnen und zur Küche hereinspazieren. Es war ein komisches Gefühl an dem Häuschen vorbeizufahren, ohne hineingehen zu können. Auch hier änderte die Zeit den Verlauf der Dinge.

Alfred und ich saßen in seinem roten C Coupe auf dem Parkplatz unserer Stammdisco und hörten vorab Musik. Wir beobachteten den Eingang. Es war noch früh am Abend und die Lokation begann sich erst noch zu füllen. Am Kiosk gegenüber glühten einige Jungs mit mehreren Flaschen Bier schon mal vor. Alfred hatte ein altes schwarzes Telefon an die Autobatterie angeschlossen und mit Kontakten unter seiner Fußmatte miteinander verbunden. Die beiden Mädels auf der Rückbank staunten nicht schlecht, als das Telefon klingelte. Die beiden Verkäuferinnen waren wohl nicht die Hellsten, denn sie nahmen ihm wirklich ab, dass er das geführte Scheingespräch real tätigte. Wir mussten uns das Lachen schwer verkneifen, klärten die beiden beeindruckten Mädchen aber nicht auf und beließen sie in ihrem Glauben mit dem Autotelefon. Heutzutage hat jeder ein Handy, doch damals gab es keine futuristischen Smartphones. Aus dem Auto heraus konnte nur James Bond in seinen

Filmen telefonieren. Gerade als wir aus dem Wagen aussteigen wollten, raste ein anderer Besucher der Disco mit seinem Auto auf den Schotterparkplatz. Beim Rückwärtsparken hörten wir dann das leichte Auffahrgeräusch. Der Idiot ist angeberisch doch tatsächlich in Alfreds zweiundfünfzig pferdestarken Coupe gefahren. Wir stiegen aus und begutachteten den Schaden. Wir sahen nur, dass eine der vielen Nebelscheinwerfer, die an der Frontstoßstange befestigt waren, verbogen war. Der Unfallverursacher war froh darüber, uns die fünfzig Mark für den entstandenen Schaden zahlen zu dürfen. Wir bogen den Scheinwerfer wieder gerade und alles sah wieder so wie vorher aus. Wir tranken an diesem Abend praktisch kostenlos, denn umsonst hatten wir fünfzig Mark bekommen.

Genauso wie sich unsere Siedlung änderte, drehte sich die Welt auch für uns weiter. Wir waren erwachsen geworden. Die Bergleute gingen auf die Straße, um für den Verbleib der Zechen und damit für die Sicherung ihrer Jobs die Öffentlichkeit aufmerksam zu machen. Der große dreihundert Meter hohe Schornstein neben der alten Kokerei, der in den Siebzigern unter unseren erstaunten Augen erbaut wurde, ist wieder aus dem Bild unserer Heimat verschwunden. Wir waren so stolz gewesen, da der immer rauchende Schlot einen Meter höher war als der in Paris stehende Eifelturm. In den Nachrichten der Fernsehsender kämpften die Männer der Stahlhütten wie die Bergmänner um ihre Standorte und den dazugehörigen Jobs. Es nutzte alles nichts. Eine Zeche nach der anderen machte dicht. Die Räder der Fördertürme hörten einfach auf zu laufen.

Die Bergmänner machten sich zur letzten Grubenfahrt auf und gingen dann zur Umschulung. Zwischendurch erlebte der Pott zumindest sportlich noch einmal ein Hochgefühl.

Nachdem Krümel und ich uns einige Zeit oder Jahre nicht mehr gesehen hatten, trafen wir uns wieder und beschlossen gemeinsam in den Vereinigten Staaten zu fliegen. Das auserwählte Ziel war der südliche Bundesstaat Florida. Wir also zum Flughafen Schiphol in der Nähe von Amsterdam in Holland und los ging es über den großen Teich. Der Sonnenstaat Amerikas begrüßte uns in der ersten Märzwoche mit wohlfühlender Wärme und Sonnenschein. Von Miami ging es nach Fort Lauderdale, wo wir bei einer alten Bekannten Motel Besitzerin von mir unser

Hauptquartier aufschlugen. Von hier wollten wir Florida erobern. Zwei Freunde im besten Alter aus dem Ruhrgebiet wollten Party in dem Sonnenstaat machen. Zu dieser Zeit stand die Bike Week in Daytona an und das jährliche Springbreak kam als Zugabe noch dazu. Mit unserem Leihwagen düsten wir dann auch nach zwei Tagen in die nördliche Party Metropole Daytona Beach. Die amerikanischen Studenten feierten dort, als gebe es kein Morgen mehr und wir mit denen. Aber auch unter den fünfhunderttausend Bikern, die jedes Jahr die Bike Week besuchen mischten wir mit. Eines Abends, im Point Break Beach Club ging um drei Uhr nachts das Licht an und die Musik aus, Sperrstunde in Amerika, doch Krümel und ich waren noch nicht müde genug, um die Hotelzimmer aufzusuchen. Im Hotelpool feierten wir weiter, bis die ersten Lichter in den umliegenden Zimmern angeknipst wurden. Fünf Minuten später beendeten zwei Deputy Sheriffs unsere Poolparty. Als die ersten Harleys an diesen Morgen angeworfen wurden, gingen wir ins Bett. Aber nicht nur in Daytona hatten wir unseren Spaß. Wir eroberten die Clubs und die Strände in Key West, in South Miami die Collins Avenue, den Point Break Beach Club in Lauderdale oder den Boca Raton Beach Club. Wir waren überall und zeigten den Amerikanern, wie zwei Kumpels aus dem Pott feierten. Das komische nach unserem Urlaub war, Krümel und ich trafen uns irgendwie nicht mehr und verloren uns aus den Augen.

Neunzehnhundertsiebenundneunzig gewannen die Blauen gegen Inter den europäischen UEFA-Pokal nach einem dramatischen Elfmeterschießen bei den Norditalienern. Niemand hatte damit gerechnet und die Kumpels feierten den

Erfolg, als wenn sie selbst auf dem Grün dabei gewesen wären. Der Pokal lenkte sie für eine kurze Zeit von ihren Zukunftsängsten ab. Es kam aber noch besser. Eine Woche nach dem unglaublichen Sieg der Blauen gewannen die Schwarzgelben die europäische Championsleague gegen den ebenfalls aus Italien stammenden Rekordmeister. Welch Balsam für die fußballverrückten Menschen im Ruhrgebiet.

In den Neunzigern wurde das Ruhrgebiet umgestaltet. Der Fluss Emscher, das Dreckrinnsal Deutschlands wurde nach ökonomischen Gesichtspunkten umgestaltet. Jetzt fließt die Emscher nicht mehr stinkend durch die Städte des Reviers. Die Natur bedankte sich und ließ die Flora und Fauna dort wachsen.

In Oberhausen wurde ein großes Einkaufszentrum aus der Erde gestampft. Die Menschen aus der ganzen Umgebung, sogar aus den Niederlanden und Polen besuchen das große moderne Einkaufzentrum mit seinem runden Fastfood Auditorium. Außerhalb dieser Shoppingmall ließen sich die Verantwortlichen auch etwas Nettes einfallen. Es wurde eine Halle für Musikkonzerte und ähnliche Veranstaltungen mit einem Fassungsvermögen von mehreren tausend Besuchern hochgezogen. Dazu eine Musicalhalle, in der die weltbekanntesten Musicals aufgeführt werden. Das alles zieht die Menschen ins Revier. Das Herzstück dieser Einkaufs- und Vergnügungszone ist aber die Promenade. So etwas hatte es im Pott vorher nicht gegeben. Man wähnt sich in einer anderen Welt. Es wurde eine Promenade auf die Beine gestellt an der sich

Restaurants und Pubs ansiedelten. Es entstand die größte Fressmeile des Ruhrgebietes. Mit einem künstlichen Gewässer neben der Promenade genießt das Auge mit. Am Wochenende feierten die Leute in den Neunzigern dort bis zum Umfallen. Heute ist es zwar etwas ruhiger geworden, doch der Schönheit dieser Promenade tut dies nicht weh. Wer sich mal für einen Tag entspannen möchte, macht dort einige Stunden Urlaub vom Alltag.

Vorher schon verließ ich meine heimatliche Siedlung und zog in die nördliche Nachbarstadt. Ich schaue jetzt von der Haustür in das südliche Münsterland. Doch mein Herz wird immer eines aus dem Pott bleiben. Unsere Siedlung, wie wir sie damals kannten gibt es nicht mehr. Alle Bergwerke sind geschlossen worden. Der Beruf des Bergmannes wird nicht mehr ausgebildet und neue Unternehmen siedeln sich auf den

Zechengeländen an. Die meisten Bergarbeiterfamilien sind weggezogen oder gestorben. Das Viertel wird jetzt überwiegend von Menschen aus der Türkei bewohnt. Sie bauten sich dort ihre Heimat auf. Gründeten Geschäfte und kauften die Zechenhäuser. Wenn ich heute durch die Siedlung fahre kommen bei mir immer die schönen Erinnerungen meiner Kindheit in mir hoch. Doch mein zu Hause kann ich meine alte Siedlung nicht mehr nennen.

Die Cranger Kirmes gibt es schon immer, ungefähr seit dem Jahre vierzehnhunderteinundvierzig. In Herne, im gleichnamigen Stadtteil Crange, findet jährlich im August, eine der größten Schaustellertreffen in Europa statt. Über vier Millionen Besucher zählt das Spektakel mitten im Ruhrgebiet mittlerweile jeden Sommer. Dieses Volksfest ist das Oktoberfest des Ruhrgebietes. Hier treffen sich seit Jahrzehnten Mitmenschen des Revieres, aber auch Bürger aus den angrenzenden Nachbarländern besuchen für dieses Volksfest den Pott. Die Cranger Kirmes war immer das bunte Fest im grauen Kohlenpott. Doch die Zeiten haben sich geändert. Als das Zechensterben begann, haben die Bürgermeister, Kreisräte oder Landesräte der einzelnen Städte, Gemeinden oder Kreise gewusst, sie müssen das Ruhrgebiet attraktiver machen und neue Unternehmen ansiedeln. Im Bottroper Stadtteil Kirchellen, auf dem ehemaligen Gelände des Traumlandparks, umgeben von grünen Wiesen und Feldern, entstand Deutschlands größter Freizeitpark. Ähnlich dem Disney Parks in Amerika wurde hier eine Attraktion erschaffen, die Busse voller Menschen aus Nah und fern in das Ruhrgebiet bringen. Dieser Freizeitpark braucht meiner Meinung nach den Vergleich mit den Konkurrenten in Amerika nicht zu scheuen. Bottrop hat aber noch eine zweite Attraktion aus dem Boden gestampft. Auf der Halde des Tetraeders wurde für damalige Verhältnisse sensationell eine Skihalle mit einer Skipiste von sechshundert Metern Länge und das im flachen Ruhrgebiet erbaut. Seit diesem Zeitpunkt können die Alpinskifahrer aus dem Westen sich für ihre Alpentouren zu Hause vor der Tür einfahren. Auch in meiner Stadt, südlich meiner beheimateten Siedlung wurde aus dem veralteten Stadtzoo ein fantastischer Tiererlebnispark erschaffen. Mittlerweile ist dort der dritte Abschnittsbereich fertiggestellt worden. Die drei Teile des Zoos lassen die Besucher in die Tierwelten Asiens, Afrikas und den polaren Landschaften eintauchen. Auch der neue Tierwelterlebnispark verhilft dem Pott zu etwas mehr Farbe. Der Nordsternpark in meiner Stadt ist ein umgebautes Zechengelände. Dieses Bergwerk ist eines der Ersten, dass geschlossen wurde. Nun geben sich unter den Augen des Herkules von Gelsenkirchen sogar internationale Stars die Klinke in die Hand. In dem Amphitheater treten seit der Eröffnung nationale und internationale Musikgrößen auf und begeistern auf der Freilichtbühne die Zuschauer im Herzen des Ruhrgebietes. Im südlichen Ruhrgebiet ist aus dem angestauten Fluss Ruhr der Kemnader See geworden. Dort wurde die Landschaft in ein Naherholungsgebiet umgewandelt. An schönen Tagen treffen sich dort die Bewohner des Ruhrgebietes und nutzen die Natur und das schöne Wetter zum Inliner- und Fahrradfahren. Manche gehen dort auch einfach nur spazieren oder sitzen in der Sonne, die jetzt nicht mehr grauverschleiert vom Himmel scheint. Es gibt dort auch einige einladende Lokalitäten, wo das kalte Bier an Sommertagen sehr gut schmeckt. Auf der Halde Hohe Ward sind parkähnliche Fußgängerpfade angelegt worden. Dort oben auf dem künstlich angelegten Berg überblickt der Spaziergänger bei schönem Wetter das komplette Ruhrgebiet. Von dort oben sieht der Besucher die Industrieanlagen, die großen Kühltürme der Kraftwerke, die alten Zechen und die stahlerzeugenden Hütten. Ein Anblick aus dem Herzen des Reviers mit nördlicher Sicht bis in das Münsterland. Nach Süden blickt der Beobachter fast bis an die Grenze des Sauerlandes. In Richtung Westen oder Osten erkennt man die letzten Städte des Ruhrgebietes. Im Osten winkt einem das Gebiet der Schwarzgelben und im Westen die Stadt mit dem größten deutschen Binnenhafen zu. Dort wurde im Norden der Stadt auch der Landschaftspark Nord gegründet. Ein altes Hüttenwerk wurde besuchsfähig gemacht und bunt belichtet. Spät am Abend, wenn die Sonne im Westen untergegangen und die Sterne von dem schwarzen Nachthimmel auf das Ruhrgebiet strahlen, leuchtet die alte Hütte in allerlei Farben. Sogar ein Schwimmbad ist dort eingerichtet worden und stellt mit seinem hellblauen klaren Wasser einen Gegenpol zu den braun verrosteten Stahlträgern und Aufbauten dar. Im alten Gasometer neben dem großen Einkaufzentrum mit seiner überragenden Promenade gibt es seit dem Umbau Ausstellungen aller Art. Bekannte und unbekannte Künstler stellten dort schon ihre Objekte für die Interessierten aus. Sogar die Unesco hat die Zeche Zollverein in der Stadt der Rotweißen zum Weltkulturerbe ernannt. Dort darf der Besucher in einer Art Museum erfahren, wie es früher um die Zeche stand. Manchmal laufen sogar die

Räder des Förderturmes noch, nämlich dann, wenn die letzten Bergleute zur Kontrolle des durchsickernden Grundwassers das Abpumpen dieses Wassers unter Tage begleiten. Meine neue Heimat ist zwar auch eine Bergarbeiter- und Chemiestadt, doch von oben aus der Sicht der Vögel ist die mittelgroße Stadt durch ihren Baumbestand grün. Erst aus dem Blick der fliegenden Bewohner erkennt der Einwohner meiner Heimat wie schön sich diese urbane Ansiedlung der Sonne präsentiert. Der Pott ist nicht mehr so grau, wie es die berühmteste Kriminalserie des ersten Fernsehsenders in den Achtzigern seinen Zuschauern vermittelte. Ihr Kommissar ermittelte damals im grauen Ruhrgebiet und brachte den Menschen außerhalb des Reviers etwas von diesem Pottgrau über die Fernseher in ihre Wohnzimmer. Egal ob Berlin, Hamburg oder

München. Jede dieser Städte hat ihre Vorzüge und dennoch übertreffen wir im Kohlenpott die Einwohnerzahl dieser drei größten Städte zusammengerechnet mit Leichtigkeit. Das Ruhrgebiet ist eigentlich eine große Stadt und die einzelnen Städte können als Stadtteile gesehen werden. Wo in Deutschland gibt es den sowas, dass direkte Hausnachbarn in verschiedenen Städten wie Oberhausen und Essen oder Gelsenkirchen und Recklinghausen wohnen? Ist es da nicht schade, dass wir seit dreißig Jahren als Arbeitnehmer den Solidaritätsbeitrag für die blühenden Landschaften unserer Landsleute im Osten finanzieren und selbst zusehen müssen wie vor unserer eigenen Haustür im Herzen Deutschlands, mit der größten Bevölkerungsdichte, dem Pott, ganze Viertel untergehen? Warum werden nur die Ostbundesländer mit dem Soli unterstützt?

Haben wir die Unterstützung nicht genauso nötig? Haben unsere Regierenden vergessen, dass es die Bergleute und Hüttenarbeiter nach dem Krieg waren, die durch ihre Arbeitskraft und ihren unbedingten Willen den Wiederaufbau erst ermöglicht haben? Unser Flaggschiff, die Autoindustrie wäre ohne das Ruhrgebiet damals gar nicht ins Rollen gekommen. Die Menschen im Pott sind stolz auf ihre Vergangenheit und meine Bitte an die Politiker im Bund, denkt an eure stolzen und ehrlichen Malocher aus dem Pott und lasst sie nicht allein im Regen stehen. Die Sonne soll doch noch lange goldig vom azurblauen Himmel auf das jetzt kohlenstaubfreie Ruhrgebiet scheinen.

Unsere Kindheit ist schon lange vorbei. Das Erwachsenenleben und das Alter haben uns schnell eingeholt. Viel zu schnell. Jetzt mit meinen Erinnerungen frage ich mich, hatte ich eine glückliche Kindheit? Es gab damals viele schöne Dinge dich ich erleben durfte. Aber auch in meinem Kindestagen gab es Zeiten, die mich bedrückt haben. Krümels und meine Freundschaft hatte in der Pubertät das eine und andere Mal auf dem Prüfstand gestanden. Doch am Ende haben wir auch diese Zeit gemeistert. Oft denke ich auch über die anderen Kumpels von früher nach. Was ist aus Ötte, Tino und Thommy geworden? Der Kontakt zu meinen früheren Freunden ist total abgebrochen. Noch nicht einmal ein Klassentreffen wurde durch irgendjemanden organisiert oder es ist an mir vorbeigegangen. Alle drei waren als Bergmänner in verschiedenen Berufszweigen auf unserer Zeche beschäftigt.

Was erlebten wir später im Erwachsenenalter noch alles? Im letzten Schuljahr besuchten wir mit der Klasse das alte Kino in der Stadtmitte. Es lief zu der Zeit der Hollywoodstreifen the day after. Der Film gibt das schaurige Ereignis eines Atomkrieges wieder und machte damals nicht nur mich sehr nachdenklich. Das dieser Film in ähnlicher Weise unser Leben beeinflussen würde, hätten wir nie gedacht. Mitte der Achtziger, genau genommen neunzehnhundertsechsundachtzig gab es den ersten globalen Nuklearunfall weltweit. Im Kernkraftwerk von Tschernobyl in der ehemaligen Sowjetunion passierte das für die Experten Unmögliche. Der Kernreaktor explodierte und das Schreckensszenario nahm seinen Lauf. Bis zu dem letzten Zipfel in Europa trug der Wind die radioaktive Wolke aus der Ukraine fort. Noch heute sind die Pilze in unseren Wäldern radioaktiv belastet. Sind wir Menschen durch dieses Ereignis schlauer geworden? Nein, denn es kam ein viertel Jahrhundert später im japanischen Gebiet von Fukushima zu einem ähnlichen Fall. Nach einem Erdbeben und einer anschließenden Flutwelle fielen auch dort die Kühlwasserpumpen aus und es kam in vier von sechs Reaktorblöcken zur Kernschmelze. Bei der Explosion wurde dann radioaktives Material in die Umwelt abgegeben. Im Gegensatz zu Tschernobyl, als der Kreml versuchte die ganze Katastrophe zu vertuschen, waren in Japan die folgen live im Fernsehen mitzuerleben. Mit der Atomspaltung öffneten wir Menschen die Büchse der Pandora. Der Mythos in der alten griechischen Geschichte besagt, wenn die Büchse einmal geöffnet wird, entweicht das darin gefangene Übel und verteilt sich auf die ganze Welt. Genau das ist mit der Atomspaltung passiert. Es gibt bis heute keine atomaren Endlager. Also wohin mit dem radioaktiven Müll. Dieser Abfall verseucht noch mehrere hundert

Jahre unsere Umwelt und die nachfolgenden Generationen werden es uns danken. Der Bergbau wurde in Deutschland beerdigt. Die Steinkohle war nicht mehr umweltbewusst einsetzbar. Doch an den atomaren Strom halten die Länder fest. Der Mensch sollte einfach verstehen, dass eine Kernreaktion nicht zu kontrollieren und unser aller Untergang sein wird. Es ist nur eine Frage der Zeit, wann das nächste Unglück geschieht. Mit den Schließungen der Zechen, sollten wir nur noch auf alternative Weise Strom erzeugen. Es gibt viele brauchbare Entwicklungen, um umweltorientiert in Zukunft Elektrizität zu produzieren. Wir brauchen keine Kernkraftwerke auf dieser Welt. Auch die Stahlöfen der Hütten im Pott glühen schon lange nicht mehr. Die Unternehmen fusionierten und heute kämpfen die Stahlarbeiter um ihre Jobs und den letzten

Standort ihrer Hütte. Autos werden aber in unserer Republik weiter gebaut, nur nicht mehr mit den früheren Mengen von produziertem Stahl aus dem Kohlenpott.

Ende der Achtziger erlebten wir dann wieder etwas für unmöglich Gehaltenes. Jahre zuvor hielt uns die Angst eines Atomkrieges der Nato gegen den Warschauer Pakt auf Trab. Das Wettrüsten mit atomaren Raketen war auf dem Höhepunkt, als der damalige Sowjetpräsident erste Anzeichen eines Abrüstens andeutete. Glasnost und Perestroika waren die Worte auf denen die Welt gewartet hatte. Die Russen und Amis setzten sich an einem Tisch und handelten ein Abrüsten aus. Einige Jahre später starb der Kommunismus. Der Warschauer Pakt und die Sowjetunion zerfielen in ihre Bestandteile und die Weltkarte wurde neu gezeichnet. Vorher erlebten wir Deutschen aber auch etwas Unmögliches. Der russische

Präsident gab sein Einvernehmen und der deutschen Wiedervereinigung stand nichts mehr im Wege. Von blühenden Landschaften sprach der dicke Bundeskanzler damals und sicherte sich so seine Wiederwahl. Noch heute zahlen wir Malocher mit unserem Solidaritätsbeitrag zum Aufbau der östlichen Bundesländer. Wo bleibt da die Solidarität zum sterbenden Ruhrgebiet unter den Regierenden? Deutschland war wiedervereint und der Pott feierte mit. Nie werde ich die Fernsehbilder mit den jubelnden Leuten auf der Mauer und die grenzüberschreitenden Menschen vergessen, als ein damaliges Mitglied des Politbüros der DDR am neunten November neunzehnhundertneunundachtzig den Bürgern die Öffnung der Grenze übermittelte. Unsere Kinder kennen ein geteiltes Deutschland nur noch aus den Geschichtsbüchern. Doch wir Kinder aus dem Pott, sind in den Siebzigern als Westdeutsche damit aufgewachsen.

Die europäische Gemeinschaft wurde in die europäische Union umbenannt und wuchs dabei auf bisher 27 Staaten. Eigentlich waren es 28, doch die Britten verabschiedeten sich wieder. Es kamen viele ehemalige Länder aus dem Warschauer Pakt dazu. Als in Maastricht neunzehnhundertdreiundneunzig die europäische Union gegründet wurde, ahnten wir Deutschen noch nicht, das noch etwas Unmögliches in naher Zukunft geschehen würde. Unsere gute und stabile deutsche Mark musste der neuen europäischen Währung, dem Euro weichen. Der Euro musste um seine Stabilität kämpfen, doch ist er zu einer echten Konkurrenz zum amerikanischen Dollar herangewachsen. Mit den Euro wurde aber auch vieles teurer. Der Zahlenwert zur Mark halbierte sich, doch die Lebensmittelpreise wurden nicht zur Hälfte des Zahlenwertes gesenkt. Der Anblick auf dem Lohnstreifen war schon schockierend, als nur noch eine Zahl dort stand, die fünfzig Prozent von dem Vorwert hatte. Auch die alte gute deutsche Mark kennen die heutigen jungen Erwachsenen nur noch aus den Erzählungen meiner Generation.

 Wir durften viele technologische Neuheiten in den letzten Jahrzehnten bestaunen. Doch nichts, aber auch gar nichts erreichte den Stellenwert des Internets. Mit dem Internet ist die Welt zusammengewachsen und zusammengerückt. Jeder der im Internet surft, kann alles Wissenswertes in Millisekunden erfahren oder loswerden. Es wird fast nichts mehr geheim gehalten und über sie sozialen Plattformen wird die Welt über Missstände und andere Ereignisse aufgeklärt. Die digitalen Firmen sind mittlerweile die mächtigsten Unternehmen auf dieser Erde und scheffeln jeden Tag Milliarden von Euros. Doch heutzutage ist ein Leben ohne Smartphone oder Internet unvorstellbar und nicht mehr zu bewerkstelligen.

Was alles hat das mit meinen Erzählungen aus dem Kohlenpott zu tun? Eigentlich nichts. Doch die Zeit zeigte uns, dass die Geschichte unserer Generation viele für unmöglich gehaltene Dinge möglich gemacht hatte. Das Rad der Zeit dreht sich unaufhaltsam weiter und die Zukunft wird uns beweisen, dass ein Leben ohne den Bergbau im Ruhrgebiet möglich ist. Der Bergbau wird in Vergessenheit geraten und von den folgenden Kindern und dessen Kindeskindern nicht mehr gelebt. Einige dieser geschriebenen Sätze habe ich meinem Schwiegersohn vorgetragen. Er selbst ein Kind des Ruhrgebiets, kommentierte das Gehörte wie folgt. „Unsere Generation kennt das alles nicht mehr".

Heute sitze ich hier und frage mich, wo ist mein bisheriges Leben geblieben? Ich bin doch vor kurzem erst dreißig Jahre alt geworden. Hatte meine wundervolle Frau kennen und lieben gelernt und das ganze Leben noch vor mir. Bevor ich es überhaupt bemerkte, gratulierten mir alle Bekannten und Verwandten zum vierzigjährigen Geburtstag. Vom Gefühl her bin ich damals in zwei Jahren eine ganze Dekade gealtert. Ich erinnere mich daran, wie es war mit den vierzig Lenzen auf den Schultern. Mein Kopf sagte mir immer wieder, dass ich nicht mehr zum Jungbrunnen gehöre, sondern ein Alter der Midlifecrisis und der langsamen Gebrechen erreicht hatte. Die Last des Älterwerdens lastete stark auf meinen Schultern. Ich versuchte die Schwere des

Gewichtes täglich neu zu stemmen, bemerkte aber auch, dass mir die Beine immer mehr den Dienst versagten. Erst als nach weiteren gefühlten zwei Jahren das halbe Jahrhundert bei mir anklopfte, wusste ich, wie gut es mir eigentlich zehn Jahre davor noch ging. Mit fünfzig ist es nicht nur wie mit vierzig der Kopf, der einem sagt, wie alt man ist. Jetzt schreit auch der Körper immer wieder nach Pausen zur Erholung. Als Kind oder in der Jugend ließ ich es mir immer gutgehen und genoss mein Leben. Keinen Gedanken verschwendete ich daran, dass mir die damals schlummernde Energie mal abhandenkommen würde. So wie sich der Kohlenpott mit der Zeit gewandelt hat, so veränderten wir uns auch. Viele unmöglichen Dinge haben wir geschaffen, doch eines bleibt für alle Zeiten unmöglich. Die Zeit anzuhalten wird uns leider nicht gelingen. Ein paar Jahre noch und ich gehe in die wohlverdiente Rente, ohne bemerkt zu haben, wo die letzten zwanzig Jährchen geblieben sind. Im Kopf möchte ich noch immer dreißig sein, doch der Blick in den Spiegel zeigt mir etwas anderes. Müde und ausgelaugt spiegelt sich mein ich jeden Morgen im Badezimmer wider. Mit tränenden Augen denke ich an meine Kindheit auf dem Bolzplatz, an den Rauch der Kokerei der täglich über unsere Köpfe hinwegflog und an meine mit mir aufgewachsenen Kumpels aus unserer Siedlung. Egal wo wir waren, irgendwo sahen wir immer die großen sich drehenden Räder eines Förderturmes. Jetzt stehen die Räder still und man hört aus den Mündern der Kumpels kein Glück auf mehr. Die schöne alte Zeit gibt es genauso wenig mehr, wie auch uns Kinder im Pott es nicht mehr gibt. Wo sind heutzutage die bolzenen Kinder, die den Lederball hinterherjagen?

Ich fahre durch das Ruhrgebiet und sehe nirgendwo Straßenfußballer auf den grünen Wiesen spielen. Wenn ich zurückdenke und mich manchmal frage, ob ich dies und das mit dem Wissen von heute anders machen könnte, ich es auch anders machen würde? Natürlich würde ich meine Fehler nicht noch einmal begehen wollen. Doch wenn ich meine Kindheit ohne die Kenntnis von heute noch einmal erleben und vor allem leben dürfte, würde ich mein jetziges Leben sofort für meine Kindheitstage eintauschen. Die Unbekümmertheit ist uns im Alter abhandengekommen. Die Gedanken um die Zukunft bürden schwerlastend auf unseren Schultern. Meine Generation steht in einigen Jahren vor dem Ende des Berufslebens, obwohl die Bergleute der geburtenstarken Jahre schon lange ihr Leben auf der Zeche hinter sich gelassen haben, fragen wir uns, was danach noch kommt?

Der Mensch als Rentner wird zur Eintagsfliege. Jeden Morgen, wenn wir dann die Augen öffnen, können wir froh sein den neuen Tag begrüßen und vor allem genießen zu dürfen. Mit jedem weiteren Tag kommt der Sensenmann einem näher und uns bleibt die Erinnerung an ein vielleicht glückliches und erfülltes Leben. Habe ich mein Umfeld und meine Mitmenschen immer gut und fair behandelt? Glück und Liebe in meiner Familie gerecht verteilt? Habe ich Hilfesuchenden geholfen und war für meine Frau, Tochter und Freunde genügend zur Stelle? Was werde ich hinterlassen? Wie sehen andere Menschen mich? Ich habe keine Antworten auf all meine Fragen. Ich weiß nur eins, trotz vieler Fehler, die ich in meinem Leben gemacht habe, versuchte ich immer allem Gerecht zu sein. Natürlich bin ich auch dem einen und anderen auf die Füße getreten, doch auch hier nicht in böser Absicht. Große Geduld hatte bisher meine Frau mit mir. Sie lebt mit mir an meiner Seite und durfte viele glückliche Zeiten mit mir erleben. Aber mein Dank an ihr gilt der schweren Zeiten, die wir auch gemeinsam durchlebten. Sie stand immer an meiner Seite und dafür bin ich ihr dankbar. In den letzten Wochen haben wir über den Tod nachgedacht und unser Testament, die Vorsorgevollmacht und die Patientenverfügung notariell beurkunden lassen. Dabei ist mir aufgefallen, sogar der Tod ist noch wie das ganze Leben ein Geschäft. Bestatter ist also im Gegensatz zum Bergmann ein Berufszweig mit prächtigen Zukunftsaussichten. Wie der Wechsel der Jahreszeiten stehe ich im Herbst meines Lebens. Der goldene Oktober bringt noch einmal ein farbenfrohes Blätterwerk hervor, dessen sich vor Schönheit das eigene Auge nicht sattgucken kann. Doch kurz danach welken die Blätter und die Bäume stehen kahl im Winter da. So ähnlich geht es mir im Herbst meines Lebens. Es strahlen noch einige Blätter meiner Äste farbenfroh in meine Umgebung, aber es fällt auch schon sehr viel Laub welk zu Boden. Der Unterschied von mir zum Baum ist der, dass im nächsten Frühjahr der hölzerne Freund wieder in seiner schönsten Pracht dasteht, es für mich aber nach dem Winter keinen Lenz mehr gibt. Darum lasst die Kinder ihre Kindheit leben, denn diese ist kurz genug.

An einem sommerlichen Tag, an dem die Sonne goldgelb vom hellblauen, wolkenlosen Himmel auf mich herunterlachte, bereitete ich gedankenverloren unser Wohnmobil für eine weitere Reise an die Ostsee vor. Von mir unbeachtet hielt ein amerikanischer schwarzer Pickup mit dicken Eiern vor unserem Haus an und ein cooler Typ meines Alters stieg aus den Wagen. Er sprach mich mit einfachem Hallo an und nach fünfundzwanzig kontaktlosen Jahren stand Krümel vor meiner Tür. Drei Stunden saßen wir auf unserer Terrasse und ließen die Vergangenheit noch einmal Revue passieren. Dieses Wiedersehen und unsere gemeinsamen Erinnerungen, inspirierten mich dazu, unsere Kindheit im Pott aufs Papier zu bringen.